奎文萃珍

霞箋記

［明］秦淮墨客　校正

文物出版社

圖書在版編目（CIP）數據

霞箋記 / (明) 秦淮墨客校正. -- 北京 : 文物出版社, 2022.6
（奎文萃珍 / 鄧占平主編）
ISBN 978-7-5010-7423-5

Ⅰ. ①霞… Ⅱ. ①秦… Ⅲ. ①昆曲 - 劇本 - 中國 - 明代 Ⅳ. ①I236.53

中國版本圖書館CIP數據核字(2022)第017873號

奎文萃珍
霞箋記 〔明〕秦淮墨客 校正

主　　編：鄧占平
策　　劃：尚論聰　楊麗麗
責任編輯：李子裔
責任印製：張道奇

出版發行：文物出版社
社　　址：北京市東直門内北小街2號樓
郵　　編：100007
網　　址：http://www.wenwu.com
郵　　箱：web@wenwu.com
經　　銷：新華書店
印　　刷：藝堂印刷（天津）有限公司
開　　本：710mm × 1000mm　1/16
印　　張：8
版　　次：2022年6月第1版
印　　次：2022年6月第1次印刷
書　　號：ISBN 978-7-5010-7423-5
定　　價：80.00圓

序言

明傳奇劇《霞箋記》，全名《鐫新編全相霞箋記》，二卷，明無名氏撰，明紀振倫校。明萬曆間唐振吾刻本。此書卷端次行題：『秦淮墨客校正。』按：秦淮墨客爲紀振倫别署。紀振倫，字春華。江寧（今江蘇南京）人。明萬曆三十四年（一六〇六）前後在世，以校訂戲曲著作名于世。校訂傳奇戲七種，即《三桂記》《七勝記》《折桂記》《西湖記》《雙杯記》《葵花記》《霞箋記》，皆存于世。曾編校通俗小説《楊家府世代忠勇通俗演義》（題『秦淮墨客校閲，烟波釣叟参訂』），現存明萬曆三十四年臥松閣刻本；編輯戲曲選集《陶真選粹樂府紅珊》，現存明萬曆三十年（一六〇二）唐振吾刻本。

《霞箋記》據小説《心堅金石傳》改編，全劇共三十出，演繹官宦子弟李彦直與名妓張麗容悲歡離合的愛情故事。劇情爲：松江庠生李彦直爲中丞李棟之子。一日與諸友暢飲于會景樓上，其間彦直即興在霞箋題詩一首，怕被業師所知，慌亂中將霞箋擲到牆外，恰爲才貌雙全的名妓張麗容拾得。張麗容依韵和詩一首，由原處擲還，兩人由此以詩箋傳情，彼此心生愛慕。端陽節兩人相會，對天盟誓，各藏一幅霞箋作爲他日成婚憑證。李彦直同窗灑銀公子求歡于麗容遭拒，心生嫉恨，將彦直、麗容相好事告之業師。業師致信李棟，李棟怒將彦直禁閉在書房。松江鎮守阿魯臺爲了升官而獻媚于當朝丞相伯顔，用重金買通麗容鴇母，將麗容騙上船獻給伯顔。伯顔夫人因妒麗容貌美，又將麗容獻于太后，作爲公主的侍女。彦直得知麗容被賣進京，連忙趕往京城。時值公主招駙馬，彦直扮成軍卒與麗容隔牆偶逢，互道珍重。一日，麗容爲公主侍裝，向公主訴説自己的苦衷，被駙馬得知。駙馬疑心麗容所説的夫君李彦直即新科狀元（時李彦直已高中狀元）。彦直赴駙馬府拜謝時，駙馬有意將麗容收藏的霞箋給彦直看，彦直一見即認出此物爲兩人婚約憑證。于是駙馬將麗容送到狀元府，使兩人完聚。後彦直與麗容回松江歸省，闔家團圓。吕天成《曲品》列之入『中中品』，評曰：『此即《心堅金石傳》，死者生之，分者合之，是傳奇體。搬出甚激切，想見鍾情之苦。但覺草草，以才不長故。』祁彪佳《遠山堂曲品》列之入『雅品』，謂『霞箋傳青樓者，惟此委婉得趣，至《西樓》更大暢，此外無餘地容人站脚矣』。

刻書者唐振吾，與唐富春同屬金陵唐姓，而輩分稍晚。開設廣慶堂書坊，刊刻有《西湖記》《武侯七勝記》《葵花記》《折桂記》等書。《霞箋記》内有雙面連式版畫八幅，構圖中大型人物仍在畫面中占較大比例，但陰刻墨底已少見，畫風已由質樸、粗率向精工富麗轉變。

《霞箋記》另有明末汲古閣原刻初印本，汲古閣刻《六十種曲》本，民國貴池劉世珩輯刻《暖紅室彙刻傳奇》本。

編者

二〇二二年三月

霞箋記目錄

上卷

下卷

目全

賺音暫　樗音樞

鐫新編金相霞箋記上卷

秦淮墨客　校正
唐氏振吾　刊行

○第一齣標目

（思嘉客）〔末〕羨却青樓張麗容。玉郎才子偶相逢。霞箋詩句相酬和。翠館恩情樂正濃。喬才賺。惜飄蓬。椒房宮怨歎無窮。春風得意馬蹄疾。會看佳人出尚宮。那来的李玉郎是也。云云〔下〕

○第二齣訓子

（齊天樂）〔生上〕寒窗幾載師顏孔。樗朽敢言天縱。天上碧

黌音洪

組音祖

卻音謝

桃日邊紅杏浪說那倚雲栽種親闈暮景且刺股懸頭藏火囊螢（菩薩蠻）男兒志欲超九俗、六經須向窓前讀丹桂遇開時、期攀第一枝、黽勉三冬足、方得千鍾粟、白首悅高堂、須呈戲彩裳、小生姓李名彥直、小字玉郎、松江華亭人也、年方弱冠、齒正齠齡、身列黌宮、册名庠序、月車擲果雖稱冠玉之姿杏苑傳琴、尚切羨墻之望、家君諱棟、昔為都憲、今已歸林、母親何氏、身沐皇恩、頻稱內德、正是義方有訓非私淑、熊胆調丸頭苦心、小生日講學于會景樓上久違定省、淹及月餘、今歸問安、道未了、爹媽已到、

逍遙樂（外上）解組歸來甘退隱林下且畱嘉慶（老旦上）鸞形鳳影喜白首和諧晚景康寧（鷓鴣天）（外）官居侍御立朝班、鐵面丹心獬豸冠、（老旦）驄馬繡衣君休寵、龍章花誥妾恩沾、（生）媞晚景、樂天年、簪纓門第靄祥烟、（外）涇渭同流誰與辨朝簪卸卻且偷閑、下官姓李名棟、官拜御史中丞、夫人何氏、孩兒彥直、且喜才學有成、下官雖叨重恩奈

藿音合

筍音雲

篆音撰

念華亭之鶴，恒思松水之魚，以此偷閑林下，以終餘
年。孩兒你在學中，今日為何回来（生）告爹媽知道，出
就外傅，古人格言，易子而教，先賢遺訓，孩兒感父師
並嚴，豈敢違于白晝，久違定省，今時回家問安（外）問
安侍膳，人子當為，
你且聽我道来，
〔石榴花〕官居侍御身已許朝廷，甘藜藿守葵誠，堪嗟
豺虎怨同群，頤歸来郤却朝簪（生向外揖介）嚴親福齡喜
年来不改松筍性（合）也須知滿積黃金總不如教子
一經，
〔前腔〕（老旦）龍章鳳篆寵沐一時榮，猶殖露以浮萍袖蛇
抱虎古今同，問何如解綬歸耕（生向老旦揖介）萱親喜寧守
燈鐔不負參九命（合）也須知滿積黃金總不如教子

棟音凍

轡音配

一經。(末上)少小須勤學、文章可立身、自家儒學中一個膳夫是也、来到李都憲門首、有人麼(小生扮院子上問答禀介)(外)你是齋夫、到此向幹、(末)大相公前日告假回府、孫老爹多拜上老爺(西江月)白晝光陰易過、青春不再回来、要成梁棟濟川才、須是藏修十載、折挂斧斤磨快、上天梯要安排、那時平步上雲堦、管取名揚四海、○(外)我知道了、你可回去拜上你家老爹、今日晚了、明日来罷、叫院子取一錢銀子賞他(末)謝老爺、不聞村俗語、惟有讀書聲(下)(外)學裡孫先生、請孩兒會課、司書那里(丑上)架疊五千卷、吟成三萬言、成名須及早、堂上好承顏、老爹奶〻、司書嗑頭(外)司書、準備金鞍玉勒、隨大相公學中會課(丑)理會得、老爺、富豪人家氣象、簪纓甲第光輝、驊騮高鞓柳陰西、玉轡金鞍無比、放鶴亭前暉色、雲龍山下輕衣、杏花十里去如飛、大相公管取狀元及第(外)這小厮會講話、

(朱奴兒)就有道、須教忠誠。趨函丈、莫使留停。惜寸光陰、須苦攻、恐敢嚌冥〻之行。存忠正。秉時大行。須有

滞音翅

雕音刁

担音旦

擔音冊

日榮三拜。

（尾文）幼齡天賦文章盛，祖生鞭休教滯停，擬望雲霄一奮鵰。

詩　閑尋忍使立汚朝　定省歸来敢憚勞

世上萬般皆下品　思量惟有讀書高

○第三齣　矢志

（清玉引）（旦）（上）瓊樓十二雕欄轉，盡把珠簾捲，腰似春風柳軟。（小旦）（上）徐步畫簷前，舉青梅把鶯兒喚。（玉樓春）（旦）章臺試把垂楊折，往事堪悲心欲裂。落花無語怨東風，淚和紫辨流紅葉。（小旦）青樓佳品稱奇絕，翠館名姬誇秀傑。且將風月担兒擔，莫把閑愁鎖雙黶。（旦）妾身張麗容，小字翠眉娘，生身樂籍，名占教坊，粗習詩書，畧諳歌

忒音特

舞僑居對景朱樓，附近儒齋秋苑，天那幾時遂我從良之愿也。（小旦）姐姐，你名重當時，色傾上國，聲聞寰宇，爭覩芳容，不似我倚門獻笑，就是墻頭上野花一般。（旦）誠有天壤之隔也，妹子我有心事，豈汝所知，且看香来，燒炷夜香則個。（小旦）香在此。

（一江風）（旦）對蒼天謾訴心頭怨，恨落風塵賤，寶爐煙飛上青雲，直透靈霄殿，望嫦娥鑑此言，望嫦娥鑑此言，愿相逢美少年，把紅絲早繫金蓮畔。

（前腔）（小旦）枉熬煎，忒不通權變，須及早偕繾綣，貴王孫萬喚千呼，未許覩如花面，奈隻丸易轉遷，隻丸易轉遷，暗裡朱顏換，那堪老大人輕賤。（旦）妹子，言雖如此，只是從良方了我終身之愿，你看毋親来了。（老旦上）楚舘秦樓春色調脂粉生涯，棄舊迎新門户，暮迎朝送人家，我兒，你

竺音竹

撞音壯

們在此做些甚麽来(旦)毋親孩兒在此燒一炷心香
(老旦)我兒我們這樣人家燒什麽心香你這般老寃
那有人来我幼年時節不知哄過了多少子弟如今
年老專靠你們掙家方纔臨安趙尚書公子着人將
二百両銀子四個尺頭送来接你到杭州去不過是
遊一遊西湖到天竺燒一炷香就回你隨他去揔成
娘撰這一主銀子何如(旦)毋親不要听他若大一個
杭州豈無名妓這是哄我去只說不在回他便了(老
旦)回他便了他是尚書公子若大勢頭使將来我們
怎麽當得起(旦)娘這般年紀還不着人(老旦)到說我
不着
人

【大迓鼓】你須加艷麗粧遍身羅綺蘭麝薰香倚門献
咲喬摸樣〻〻不還撞着個有錢郎暮樂朝歡說甚從良

【前腔】(旦)娘行自忖量一顰一笑各自行藏迎新送舊
倡家相若還撞着個薄情郎泥途墮落怎比從良

檇音譙

奕音亦

詩　自許登樓洗艷粧　從他蜂蝶過東墻
閑門不管窗前月　分付梅花自主張

(旦下)(老旦小旦吊場)(老旦)咳罷罷、自小養得他嬌了、見了二百兩銀子、不在心上、你怎麼不勸他(小旦)方纔、正在此勸他、勸他、執意要從良(老旦)多少從良的姐兒不得了當、前船便是後船的樣子、誰似做小娘的朝朝寒食、夜夜元宵、却不受用、呀、我到忘了、檇李黄相公在此接下湖船、快去、快去、

安排呈彩袖　准備試清喉

○第四齣題句

(水底魚兒)(淨)(上)天下英豪、文章敎爾曹、巖巖氣象可比泰山高(○)小子生來豪俊、自幼天資難並、只因怕讀千文、連忙就改百姓、家父執掌朝綱、母親累有封贈、傅奕是我本行、妓者是我性命、自家洒銀公子便是、只因禀性愚頑、家父將我送在儒學中孫教官

跑音袍　椿音粧　澁音色

處攻書。吾輩朋友中只有李玉郎天資敏捷自分難並今日先生公出整酒在會景樓上與他一叙言之未已方可人来矣

前腔（丑上）記得離騷人前好擺搖後生可畏仲尼見我跑。自家方可人是也。諸友在會景樓不免上樓呀。洒兄拜揖（淨）老弟好個攏頭属老成（丑）洒兄差了自古道龍頭属老成那有攏頭之話（淨）攏頭属老成有解如老弟未冠之時入了學攏起頭来属我老成朋友晋你這叫攏頭属老成了（丑）洒兄你每每戲謔小弟恐非道義之交（淨）甘羅活到彭祖年紀幼年也曾作過你不曾讀論語陽貨献豚子路請禱古之聖賢也是如此何况你我（丑）難道這椿事情也刻在書本上的（淨）難道小弟造出来的不成（丑）若如此小弟請教（淨）你若肯請教自有進益我看你昨日作文全欠体認中間来意甚覺枯澁皆因不通泰之故我有一個静室甚是幽雅悄悄一個来傳你個秘訣包你停當（丑）小弟傳了兄的秘訣日後屁都放不出（淨）糞發在後（丑）不要取笑

鰲音熬

杓音稍

前腔（生小生上）天挺人、豪、燈窗、敢憚勞、槐黃時、候、輪竿、釣、海鰲。（淨）李兄為何來遲（生）家有嚴君焉不敢請耳（淨）兄非此之謂也、父毋在、不遠遊、〻必有方、是道也、道其所道、非吾之所謂道、我欲冠者五六人、殺雞為黍而食、唯酒無量、詠而歸、不亦樂乎、（衆）也說得是看酒過來、

梁州序（生）樓開圖畫勢、侵雲表、隆棟朱扉圍遶、雕欄十二、金鉤錦帶、飄颻、真個是舉頭紅日、入眼青山、仰見星宮、好雲間佳麗處、搖滉描瑞氣盤旋、入斗杓（合）英才會、斯文道、看氣求聲應、遵遺教、如骨肉勝同胞、

前腔（小生）彫盤堆砌、金樽傾倒、暢飲不須推調、花濃酒釅、何妨盡日逍遙、真個是襟懷瀟洒、道義交孚、豈數

思音事　鏗音坑　鏘音鎗　蜩音刁

金蘭好。佳賓盈四座盡人豪助我詩情文思高（合）英才會斯文道看氣求聲應遵遺教如骨肉勝同胞（內動樂介）（淨）聽絲竹之聲、管絃之亮、信如天外飄々、宛若清霜洒々、藝圃之外、角妓所居、想是此間故有鏗鏘之妙耳、

（前腔）（淨）聽秦樓一派鸞簫鬧巷陌幾聲箏調更宮商清婉唱徹檀槽堪羡陽春白雪玉振金聲何必歌蘊小行雲知已遏類鳴蜩欲傍秦箏看阿嬌（合）英才會斯文道看氣求聲應遵遺教如骨肉勝同胞（內喚打鞦千介）（丑）三兄、你看滿院鞦千、但聞其聲、不見其形、登高遠望一畨、有何不可、

（前腔）（丑）粉墻頭露出多嬌鞦韆影送来花貌有千般

襯音寸
腔音羌
茜音千去声

旖旎萬種妖嬈，最喜髮蓬鬆，雲髻斜嚲，瑶簪金釧輕遺落。碧紗籠玉體，襯紅綃，銅雀何須鎖二喬。（合）英才會斯文道，看氣求聲應，遵遺教。如骨肉，勝同胞。（淨）李兄坐此名樓，見此美事，何不作賦以記之。（生）小弟庸才，何當獻笑。敬承台命，豈敢固辭。（淨）李兄端有七步之才，如詩不成，罰依金谷酒數。（生）書筒中幸有霞箋，取来試題幾句。（衆）請了。（生寫介）暫存視聽一凝思，消消一派仙音至。繁絃急管雜宮商，聲同調歌迷腔字。獨坐無言心自評，不是尋常風月情。野猿塞雁声哀切，別有其中一段清。衫疑天籟傳簷馬，又似秋砧和泪打。碎擊氷壺向日傾，乱剪琉璃閒風洒。俏着聞聲情已見，忖者相逢不相戀。村俏由来趣不同，豈在聞聲與見面。（淨）兄之佳作，不亞子建之才，若請教先生，必當稱賞。（生）快不要，這是偶尔戲談，不可與先生知道。（衆）小弟奉敬一杯，與李兄潤筆。

（節節高）霞箋茜色嬌，用心写，新詩題上龍蛇耀，風雲

俗音柒

聆音零

巧染兔毫相思調顔觔柳骨誇玄妙銀鈎鐵畫連城寶朋儕暢飲正酕醄宮墻又早先生到（末上）折桂心虔力學功銀蟾流影入簾櫳書窓半榻茶蘼架自與人間景不同（衆）見介（末）諸生書到不讀在此讌飲（淨）諸生文課已完用此潤筆但杯盤狼藉不敢褻瀆師長如何是好（末）庚亮有言老子婆娑清興不淺洗盞更酌柳又何妨（淨）有酒食先生饌曾是以為孝乎看酒来（衆）

（前腔）羣英一經包際明朝幾番時雨聆清教薰風到塵俗消胸襟好數聲長咲都城曉滿腔盡把詩書飽師生恩義比天高木桃何以瓊瑶報（生）先生在此學生解一解再来（末）請自便（生）方纔戲題霞箋此詩倘先生知道殊非体面且將此霞箋擲過墻去

（尾）潛蹤隱跡人難料一幅霞箋隔院拋把你做紅葉

傳情出御橋。（衆）看大杯、請先用一杯。（末）不消

詩

蔵修几案費鑽研　有日飛騰出巨淵
遠移蓬梗非無地　近就芝蘭別有天

○第五齣　題箋

（懶画眉）（旦上）芭蕉分影送銀蟾、幾樹高槐噪晚蟬。（占上）漫鈎緌、促小金蓮。穿簾争覩呢喃燕。呀、何處飛來燦錦箋。

（臨江仙）（旦）門掩梨花深小院、粉墻高映青樓、繡書畢竟阿誰投、濯葱排燕几、掬水拭漫眸。（占）晚粧纔罷無些事、玉釵斜嚲騷頭、銀盤堆着水晶球、曲闌杆繞處、一紙綵箋收。（旦）念生前詩介

（二犯江兒水）霞箋堪羨、這一紙霞箋堪羡、如丹嬌色染、正分来獨繭、出自氷蚕、烜金睛、煌白眼、一幅錦雲

緌音蕤
嚲音妥
繭音撿

彥音艷
辦音扮
黌音洪

聯三星映碧天聲韻敲金筆勢端然都正是走雲烟翰藝苑家隣杏壇俺這裡家隣杏壇宮墻與彥他那里宮墻與彥想多才戲題紅遺下美聯妹子我仔細看來詞新調逸句秀才華作此詞者非發金馬兆必步鳳皇池亭與尋常俗子伍哉且住久聞學中有個李生小字玉郎年方弱冠心懷翰海氣吐凌雲今此霞箋或出伊手亦未可知(占)姐姐是了是了我前日倚立門前閑戲耍亂將花瓣鸚哥打擲陰忽見白面郎金鏤雕鞍紫騮馬我猶潛呼問小童小童默地說真名再三說是千金子裔忝儒紳列上卿彥直稱名家姓李玉郎小字才無比日向黌宮勤讀書惺惺二八芳年紀今日呵好似唐朝于祐遇翠瓊紅葉曾傳佇儷情你今收得霞箋在天遣凋兮中雀屏姐姐你回也一首何如(旦)此言深為有理你可將那寫頰胭脂染成霞箋一幅即和前韻(占)霞箋染就請和前韻(旦寫介)太湖獨倚含幽思霞箋忽爾從天至龍蛇飛動撥雲烟篇篇盡是相思字顛來倒去用心評方信多情似有情

笋音損

覔音密

浪音衡

不是玉郎傳密契、他人焉有這般清自小門前無繫

馬梨花夜雨何曾打、一任漁舟泛武陵落花空向東

風洒、名字常聞如久見、姻緣未合心先戀、詩情本是

致幽情人心料得如見面(白)好詩好詩(旦)詩已寫完

但愧不成韻還

從原處投去、

【懶畫眉】輕將玉笋染雲煙。再祝司天乞可憐。三生若

也是良緣。東華幸與此兒便早覔知音送綵箋、(投原處下)

【前腔】(生上)危樓讀罷困人天。強對南薰奏五絃。徐徐行

過小池邊、詩情正好閑消遣、悔却前朝弄薛箋。(非遺紅詞)

過墻去、伊誰復見地边、東園春色到西園、輕開方勝

帖、試看有何言(念詩介)好詩妙哉妙哉可愛可愛

【二犯江兒水】霞箋堪翫這一幅霞箋堪翫胭脂嬌尚

淺、料封來謝館寄向金園、粉痕香流萬點、擂作巧連

魔音磨

蘊音潤

咫音止

環描成並蒂言。他道方信多情似有情、和韵新鮮、詞意天然、却正是女中嬛人。内選風魔解元、果然的風魔解元、秦樓嬌艷可羡、那秦樓嬌豔想多情。仗宫詞結個好緣。

細看此詩、措詞不凡、留情更切、且金瓊献瑞、彩筆流雲、作此詞者、休誇謝道蘊、不數李易安、豈與風塵女論哉、且住、此對景樓有個張妓、名喚麗容、小字翠眉、操志不常、才貌異衆、想此霞箋或出伊手、未可知也、司書那里（丑上）忽听呼喚、字樓前聽使令、大相公喚司書那壁廂使用（生）司書、此間對景樓有個張麗容你可知道麼（丑）小人知道久矣、隔墻有個翠眉娘多少王孫欲斷腸、等閑不出来相見、巫山空自惱襄王（生）我要會他一面、怎麼得見他（丑）相公、這個不難、他有一個妹子、喚名小喬、每日在門首閑耍、見了小喬就可見他姐姐了（生）此言有理、我明日假以買書、竟過其門、若見小喬、不失此良遇也、

（懶画眉）桃花洞裏武陵源、咫尺天台路杳漫。雲英玉

杵搗曾堅他還珍重羞相見韋負臨風答寸箋

詩

箋面漏盡十分春　更有何人見玉人

明日馬蹄芳草路　定須解珮會風雲

○第六齣　佳會

【鎖南枝】（占上）眉重畫粉再匀繡裳羅帶倚市門如玉一枝新天然好丰陣行人見欲斷魂我且按瑤簪理鈿鬢。昨日姐姐拾得霞箋一幅看他反覆敲嘆不忍釋手今日乃是中天節令方才佩了朱符插了艾虎且到門首閑坐片時

【前腔】（生上）紅芳徑綠草茵驊騮騁嘶來柳陰（丑）相公你看綠楊影裏一座朱樓臨粉墻邊半灣碧水那壁廂倚門小艷故逞数豈非萬綠叢中紅一點乎（生）丰底坐

匀音雲

簪音争

騁音逞

秇音意

睛音品

恁音吝

紅裙偏将綠衣整天台路不易尋我且解金鞍與厮

問司書可将金勒馬帶在芳草坡中去(丑應介)(占)那

個騎紫騮馬的就是前日白面郎題箋的想必是

他待我叫他一聲李相公那里去請進待茶(生)請問

大姐小生素昧平生何以見呼賤字(占)久憐秇圃難

言不識尊容觀君丰度豈非玉郎乎(生)覷仰美容莫

非翠眉娘耶(占)家姐(生)原来令姐莫非是小喬衣(占)

就是相公請進相見家姐何如(生)只是拜意

不專焉敢造次(占)何妨相公請坐姐姐有客

前腔(旦)(上)香添獸理素琴咨奴忽報言有人(占)姐姐此生蘊藉不

常早宜相見(旦)是誰(占)姐姐常談的李玉郎(旦)簾下暗偷睛他風流果聰俊

(占)姐姐多少冨家子弟不在你眼中今日見他便不留意玉郎好造化也(旦)禁聲你是女兒

性何恁聲响喉嚨恐伊聽(占)相公家姐相見(生旦見介)(生)仙女浮從咨底出一

見令人思欲迷綠鬟高髻裁宮錦不信人中有翠[illegible]

(旦)王孫何處迷芳草悟入天台石也香底事不交神

範音犯

顰音平

女夢、紅粉輕將罵玉郎、（丑科介）

（前腔）（生）我尊師範、遊聖門、娉婷為何嗔小名、（旦）觀君丰度、玩君霞箋、名喚玉郎、名称其實矣、欽羡羡、（生）彥直愧凡庸、愚生李為姓、向日朱樓上、聆妙音、因此把霞箋偶題遲、

（前腔）我顏空媚、身類萍、青樓恨留張麗容、（生）觀卿才貌、久矣相親、今覩美容、寔為萬幸、（旦）惶恐惶恐、念麗容呵、陋質效施顰、殊難與君並前在叢陰處、緩步行、拾得你霞箋步君韻、（生）我道就是翠眉娘也、外蒙和韻、佳章可称吟壇珠玉、（旦）兩地忻逢、信由天合、（生）原来二箋相值、似為有緣、（占）李相公、我姐々身雖落在風塵、志寔懸于霄漢、你兩個德容並美、才貌湛全、正是一對、（生）好說、要求見媽々、（占）娘有容

（前腔）（老旦上）烟花市、風月情、年華不如在幼齡、（占）有客在此、（老

衽音任　綻音占　賺音暫

何不早說。聞說有佳賓，歛衽且相敬，承尊降，愧失迎，念三生有何幸。相公，老身常在太湖石畔燒些夜香，靜聽書聲，敢是相公奮志，今日屈過寒門，不勝光寵。(生)小生偶作劉晨，不意奇逢蘭蕙。(老旦)二姐過來，今日乃端陽佳節，何不留公子在此一敘何如。(占)正是，現成東道。(生)多謝厚情，豈敢過擾。司書過來，可将買書餘下銀子送来。嫣嫣，小生今日偶不買書，餘下不多銀子，聊為一饌之費，伏乞笑留。(老旦)公子，老身不意間屈留一話，豈敢受賜，若此老身賭誓。(占)呀，娘，今日是節日，不要賭誓，自古道恭敬不如從命。(丑科介)(老旦)看酒来。

(錦堂月)午節欣逢佳辰，喜遇筵開，獸爐祥擁，榴綻繁紅，漸有芰荷風送。羨今宵有會乘龍，顧他日丹山棲鳳。(合)桃源洞，喜偶賺劉郎，路迷仙洞。

(前腔)(旦)慙愧鸞鏡長矇，荅鈿慵整，只為懶於迎送，深

陪音裴

插音察

荷包容、陋質豈堪、陪奉看。綵鸞夜月同騎、羨雙鯉朝

遊偕共。(合)桃源洞、喜娛賸劉郎。路迷仙洞、(內喚)有客(老旦)媽々

公子、有客不得奉陪(生)媽々請便(老下)(內喚)二姐有

客(占)相公本當奉陪、不意小房有客、暫辭片時、得罪

了(生)請便(占下)(旦)相公請上對景樓(生)今夕是何久

同登對景樓(旦)從來天帝女、必竟會牽牛、妾在閨中、

聞君家多攀伉儷、而百無一成者、何也(生)小生緣淺

不遇麗人、因此逗遛、又愆佳耦、若有如卿才貌者、又

何敢言

攀乎、

(醉翁子)我愚性、嘆麗質深藏紅徑、因此上無分東牀。

懶將盟訂(旦)思省我只是敗柳殘花、怎插君家孔雀

屏。(合)休執恁、從今後地久天長、海誓山盟。

(前腔)(旦)我不幸、這賤軀落風塵恥甚、怎能彀飛出樊

鶼音謙

忱音誠

籠脫離坑穽。(生)你何用怨雨愁雲，我做公家軟玉屏。

(合)休執恁，從今後地久天長，海誓山盟。(生)請問小娘子，既混風塵，即由造物，甘于苦守，實出何心？(旦)李郎說那里話，今見君子，可托終身，即便洗乾紅粉，焉肯再抱琵琶，若不有弃風塵，情愿永侍巾櫛。(生)既蒙鄉家真心待我，愿為比翼，永效鶼鶼；若有私心，神明作証。(旦)若然如此，和你對天盟誓，將此霞箋各藏一幅，留作他年合巹。(生)正是，和你各留一幅便了。

(僥僥令)(生旦)神明須有証，天地豈無靈，願鑒微忱無虛謬，保祐我好夫妻松柏齡。

(前腔)(旦)虔誠惟一點，稽首拜三星，願取今生常厮守，默贊我美姻緣永不更。

(餘文)百年姻契今初訂，兩幅霞箋作証盟。(分付隣鷄

氅音廠

騙音片

莫亂鳴。

詩　夜抱幽香小院春　如今春色破梨雲

為愛百花叢裡客　却逢千想意中人

○第七齣求歡

（秋夜月）（淨上）家富豪。打扮十分俏。吳綾鶴氅狐裘襖。三簷傘兒花藤轎。娼門去搖。花街去嫖。劉郎一見武陵花、從此心猿蕩也咱。前日李玉郎題了霞箋詩引動了心猿繫不住此意馬、欲往花柳之鄉一樂、我一人怎麼好去、有了、此間有一個木子吹、甚有風情、請他相陪、院子那里、（末上）有福之人人伏侍、無福之人伏侍人、公子有何分付、（淨）你認得那木子吹麼、（末）小人認得、（淨）你去請他來、說大爺立等、（末）那木子吹是個騙人財物、敗壞家產的、這樣人尋他怎麼、（淨）可惡、叫你去請、有許多閑說、（末）待小人去請來、轉灣抹角、此間就是、木官人在

嫖音瓢

呆音崖

家麽、

【前腔】(丑上)棕扇摇，戴頂巾兒俏，走向人前呵〻笑，哄些銀子養兒飽，奉承一個老嫖老嫖。(丑見末介)老哥何来(末)洒銀公子着我来相請(丑)就行(末)木官人来了(見介)(淨)老木你花柳之鄉慣熟可有出色馳名妓者麽(丑)有黄四娘家貌美、杜韋娘腸斷新詩、東坡琴操點為尼、白雲明月丰味、娉〻婷〻、正好鶯〻燕〻、相宜秋娘絡綉頗清奇、樊素小蠻標致(淨)這些太古了(丑)公子人是舊的好(淨)這是古妓不必言目今出色有名的(丑)要現在的有〻、王五肌如炭墨、董三手像擂槌、馬金大脚走如飛、陸鳳板門牙齒、趙美眼眶青紫、李嬌頭頂毛稀無情蔣四最呆痴、只有張妹一團和氣(淨)那個張妹(丑)張票容絕妙的、莫非會景樓旁边住的、(丑)正是(淨)素聞其名、煩兄同往何如、叫院子多帶些金銀隨去(末應介)

【六幺令】追歡買笑，武陵源何處迢迢。落花流出小危

興音幸

幇音邦

橋情蕩漾、興粗豪門前、已有漁郎到門前、已有漁郎小、有人宊（老旦上）堆髮蛾眉是可人、碧桃花盡已逢到春、也知多為婢娟悞、只合平原老此身、是那個（丑）是我（老旦）呼木官兒、連日少會、此間相公上姓、（淨）老木一進門来、就要把我上称、（丑）不是問上姓、媽〻、酒銀公子、老爺見在當朝、（老旦）這等老身失敬、（淨）失敬失敬、不必問姓、只要你家女兒近身、醫我滿身騷病、（老旦）要見我女兒、待我喚他出来、靨容有客、（旦內應）與李相公奕棋、不浔工夫、（老旦如前回介）（淨）忑宊下棊不得出来、哇、這苐可悪、小斷拿出来、（老旦）不要着恼待我喚他出来（下）（丑）公子這鬪的一字、要幇襯和氣、你来得一次、就着恼、不妨浔他旣沒工夫、我每明後日再来、（淨）老木、這些難道不曉浔、小娘推奕棋、是他者意、如此荅他、使他知道、（丑）公子一發在行、（淨）老木、不要見他美貌娉婷、遣總荅應口聲、猶如鶯囀花梢、（丑）果然好嬌聲、

【玉胞肚】（淨）翠娘音妙、信天生風流俊嬌、囀春鶯兩辨

翹音橋

竅音敲去声

紅牙引人魂一聲腔調。蜂猜蝶恨思無聊。頤駕星河

渡鵲橋

(前腔)(丑)襄王休惱。會成就巫山翠翹。祗憑着萬貫錢神。自然的合着關竅。王孫不必恁心焦定取飛瓊弄玉簫。(老旦上)表記玉簪真可愛。荊釵不數漢梁鴻。公子、勞久等了、不要說起、小女方纔千方百計唤在老身房中了、他正卬慕公子盛名、爭奈李玉郎纏住、半步不離、為此我女兒頭上親除一根玉簪、低聲囑付着我、期公子明日相會、(净)令愛拿来約我的、果然(老旦)果然(净)妙〻妙、這等我們且去、明日再来不遲

詩

佳人親贈玉稍頭　指日鸞膠續鳳儔

明朝更有新條在　惱亂春風卒未休

煤音梅　懇音肯　奩音連

○第八齣　巧賺

【金瓏璁】（生上）日高猶在午，翠衾鴛枕珊瑚。（旦上）曉妝煤未補，玉郎細語頻呼。鈎錦帳，掛流蘇。（生）畫眉顧得侍妝臺、阿嬌已貯黃金屋。（旦）晴沙日暖鴛鴦浴、曾如被底雙鸂鶒、妾本風塵失身下賤、豈堪配你君子、聊可充君下陳。（生）二箋相會、你我皆出無心、詩句相投、天緣似乎有意。要結三生之契、永畜百歲之姻。（旦）但君出自宦門、抑且嚴君峻厲、愧我巷間賤子、何由得拜公姑。（生）豈不聞男女之際、大欲存焉、兩心相得、雖父母之命、蓋不可止也。明當以我心事、稟知于家君、再三懇求、决無不可、所慮者、惟恐令堂移花別苑栽耳。（旦）君未觀嬌紅記乎、倘有不虞、則申為嬌死、嬌為申亡、夫復何恨。昨晚家母欲索你宿錢、今日必遣小喬來與你絮聒、這都是娼門故態、不必盖言。我已收拾箱奩中、將有百兩、少刻若來、你可付與他便了。（生）如此盛情、足見厚愛、所謂心堅金石、其臭如蘭也。（旦）你連日心迷花酒、學業頓忘、秋闈近、將向塵戰、乘此南窓日永、清風徐來、歆

殛音極誅也

眩音券

效李亞仙故事、勉君誦讀一番、不識君子可否、(生)依

姐、此言誠善、就取過書來、待小生觀看、(旦)你既讀書、

我將針線繡一個香囊、與你佩帶、(生)想當初李亞仙

不棄鄭元和之盟、後中狀元及第、小生愧無鄭生之

才、有韋翠娘之望、(旦)那鄭元和榮貴、不弃亞仙、後封

夫人、生五子並皆顯耿、賤妾不願生前以享誥封、只

愿死後再同枕席耳、(生)小生若有寸進之日、若

忘大姐之恩、天必殛之、(旦)轉衭為祥、你且看書、

(園林好)你且對芸窗翻閱史書、學充足方成大儒、切

莫把光陰虛度、你須下這苦工夫。你須下這苦工夫、

(江兒水)(生)時習心還悅。天真樂自如。隔墻任爾笙歌

度、不須剔目把衣衫污。鳳樓終許歸天斧。好把絲綸

經補、這眩錦鮫綃、絕勝迴文織婦。(淨潛上偷窺下)(占上)風月塲中閑耍

面無愧色、綺羅隊里奔趋、身有餘香、李相

公拜了姐姐、請上有話講、(旦)有何話說、

緘音兼

痛音鋪

【五供養】〔占〕萱親囑付、為家貧不復似初。欲將嬌麗女。移去住京都。我潛来報汝。未審何方區處。〔旦〕妹子、他要去自去、我不去、〔占〕一家過活、那一樣不在你身上、只為這里生意欠好要搬去、怎庅說他去我不去、〔生〕二姐、你姊妹不必相爭、有什庅計策教我留得姐〻不去、重〻謝你、〔占〕相公、這也不難、有銀子送些與媽〻、自然不去了、〔生〕言之有理、方才家中送得白金百兩在此、正要送来與媽〻、二姐来得恰好就煩送去如何、〔占〕這也使得、〔生〕封緘金百兩。聊贈買茶資。伏乞傳言。望無攔阻。〔占〕相公、有了銀子、你二人放心耍子便了、正是無錢身怎安、有錢鬼可使〔下〕〔丑上〕天有不測風雲、人有旦時祅福、奶〻着我請大相公回家不在會景樓上、想在張家、我只得到此、呀、大相公、

【前腔】嚴親分付、為連旬偶爾病痛。傳言嬌幼子。歸問莫踟躕。更有高堂慈母。請相公呵即回去親調藥餌。〔生〕如此怎

妝音粧

股音古

污音悞

麼好(丑)快走(生)家君有恙、一定要回(旦)這等官人急宜歸去、待令尊下安就来(生)事出兩難、怎生是好(生)

太行雲影墮、巫峽夢難圓、暫別妝前、即来回顧、(生留恋介)

(丑急喚下)

(玉交枝)(旦)兩情歡處、喜連宵朝歡暮娛、酥胸緊貼還交股、怪風波頃刻傳呼、(望介)咳、三秋一日信有諸寸心千里寧無故、(淨暗上聽介)(翠娘)你且將雙眉暫舒、對吾行道個萬福、翠娘、你是難得見的、請上待我拜見(旦)相公上姓(淨)洒銀就是學生、昨日奉拜、卿卿、奕棋空返、今日特来奉拜、適見卿卿、一個看書、一個做針指、真個是宜室宜家、令小弟讚嘆不已(旦)公子請尊重、賤妾恨墮污泥、茲已洗乾紅粉、此身已許書生、豈容輕露頭面、請到前面、舍妹相陪便了(淨)乞求一宵之樂、再不敢重犯(旦)聞得君家、與李生同窗好友(淨)這些事、管什麼好友(旦)既是同窗好友、瓜田不納履

狐音胡

侮音五

拚音判

你可知否広、

前腔同窗何姤，愧奴家失身賤途，恁看做李郎妻子

張郎婦，休猜做九尾淫狐（净）說上天去，也要成就（旦）若還恁般強

逼奴，幽魂應到天庭訴（净）昨多承玉簪贈吾，圖甚的

藍橋閘阻（旦）有什広玉簪（净）昨日嫣：将玉簪期我今日為何這等推托不要如此

川撥棹（旦）你休相侮，這風流別去㕡（净）你若無礼送到縣家去告你

（旦）拚得個命喪錕吾，拚得個命喪錕吾（净）取笑恁敢（旦）我恁

做浮萍逐水波，掩重門甘守株，閑閑亭只自如（推倒净介）

（老旦上）賤人，恁広這等撒嬌，公子起来（净）可恶你那

女兒，不過是妓者，恁広這等放肆，把我推這一交，就

進去了（老旦）公子不要惱，這是你造化到了（净）恁広

造化到了，敢是跌出来的造化（老旦）咳，公子你但雖

爨音吳

絳音降

讀書、不曾看嫖經(淨)嫖經上怎広(老旦)打情罵趣(淨)果然(老旦)難道老身生出来的(淨)承教了、今日不成明日再来、多拜上、(老旦下)(淨)暗想介

(餘文)秋波偷轉將人顧、無盡頭相思害我、唉、今夜獨自在館中、好生難過只得全仗消愁酒一壺

詩

二八佳人真個美　血點櫻唇噴香嘴

流水無情戀落花　落花有意隨流水

○第九齣起爨

(剔銀燈)(末上)予深幸、斯文宗匠、荷朝廷、深加作養、英才樂育都相長、且優游春風絳帳、思量賢才大方、化龍魚激遊勢翔、彩鳳修翎鳴曉日、蒼龍完甲听春雷、公門悉有繁桃李、都在先生一範圍、下官

睁音争

蹈音到

松江教授孫有道是也，本係科甲出身，蒙朝廷命我造就人材，来臨此郡，連日迎送上司，不曾稽查諸生日課，乘此夜凉，不免潜到號房察訪一廻，正是十年窓下工夫到，黄甲何愁不註名。(下)

(前腔)(淨上)昨宵見娉婷模樣，引得我神魂飄蕩，歸家不覺心兒癢，眼睁睁不能相傍。端詳，這多情女娘，何日得身沾異香。可恨那張麗容，與李玉郎如漆似膠，昨日我去，他執意不從，可恨可恨，方才書童對我講，孫老爺每夜出来巡綽我們攻書，今夜灯前坐着，倘若出来，我自有道理，小厮孫老爹出来就咳嗽(内應介)

(清江引)開宗明義章第一，大學章句序，學而時習之，不可須臾離，亦有仁義而已矣。(末暗上内咳嗽介)(淨)你看書上都講仁義二字，想我看書，皆賴先生訓誨之功也，吾輩朋友李玉郎，一向在先生面前，向守循規蹈矩，近日迷恋妓

揭音結
丰音凤
綮音謹

者張麗容、一法不守學規、日後倘先生知道、說你是個學長、怎玄不稟與我知道、若稟了先生、又傷了朋友之情、進退兩難、如何是好、罷罷、自古道、各人自掃門前雪、休管他家瓦上霜、（末）酒銀、（淨）那一個這等放肆、呀、原來是先生、書童怎玄不來通報、（末）你書到不讀、在此說些什玄、來（淨）學生見書上幾句詞章新的、學生在此讀他、（末）怎玄樣（淨）誦與先生聽、

（打棗乾）揭開書本兒從頭論、上寫着釋新民、湯之盤、銘、苟日新真個多丰韻、先是日日新、後是又日新、聖賢的言詞、美得這等綮、妙妙（末）放屁閑說（淨）先生有滋味的（末）我適才听得你說李玉郎什玄（淨）學生方才說李玉郎一覽就記、比吾輩不同（末）我聽見你說嫖什玄妓者（淨）不曾（末）豬夫看板子來（淨）先生聽得了、待學生說、李玉郎近日在那里嫖（末）那一家（淨）張麗容家里（末）我知道敢是你同他去嫖（淨）學生怎玄與他去嫖、敢是先生同他去嫖（末）我怎玄同他去（淨）難道先生同他去嫖不成、此

糊音胡

顱音盧

是先生不拘束他自古道養子不教父之過訓導不嚴師之惰(末)若他乃尊知道卻不罪我也罷今晚修書一封着人送去與李老先生自有家教

(剔銀燈)李家郎才華精爽怎不把寸心求放少年若戀平康。後来時終難成望(淨背介)端詳這糊塗怎當又誰知區區妙方。

詩　須遣文星燭夜台　筭人堪笑我痴呆

自古家無讀書子　真個官從何處来

○第十齣傷情

(高陽臺引)(外上)心赤如丹頭顱漸允那堪一子未上青雲(老旦上)承德堂前晚景更添歡慶(外)下官前日獲一小恙身体欠安多

恋音練

嗑音渴

賴夫人調養，不復如初（老旦）皆賴天地祖宗陰祐（淨扮齋夫上）欲高門第須為善，要好兒孫在讀書。此間已是李府，有人么（末上）問荅稟見介（外）到此何幹（淨）孫老爹有書拜上老爺，大相公連日不来讀書，在張叢容家嫖（外）有這等事（看書介）

一封書）尊公子，幼年美質，須當在簡編。今月裡忽然戀張姬結誓緣，自此放心無束檢，異日難斎晝錦旋。寄書箋達忠言，草草陳情餘不宣。有這等事，上覆你家老爹，我還要細訪，看二錢銀子與他（末應介）（淨謝介下）（老旦）相公，孫先生書来，為些什么（外）你養得好兒子，近日書到不讀，習于下流去嫖（老旦）經目之事，猶恐未真，傳来之言，豈可深信（外）喚司書（末喚介）（丑上）司書何所事，盡日掌書文，受盡苦中苦，方為人上人。司書嗑頭（外）你日間在那里（丑）隨大爺在會景樓上看書（外）晛間（丑）歸房承宿（外）我問你，大爺近日嫖，你曉得么（丑）小人不曉得，大爺在書房中（外）喚他出来（丑）大爺有請，

豢音喚

褻音[illegible]

（生查子）（生上）别去鏡臺前，獨抱鴛鴦枕。司書，有一封書在書房中，你可送去與張翠娘。（丑）相公，還要張翠娘、李翠娘，老爺奶奶知道了，要打司書，被我擴飾過了。相公，你可自作道理。（生見介）（外）你那里来？（生）會景樓上看書来。（外）日間在那里讀書，夜間哩？（生）歸房承宿。（老）相公，孩兒說話，與司書一樣的了。（外）孫先生有書，你看。（生看介）（外打介）

（這顏回）（外）空自戴儒冠，似沐猴。枉着青衫，書香一脉。料伊家未必能傳。（老旦）且須當奈煩，本嬌生豢養難禁譴。（外）豈不聞愛勿勞，禽恨伊家有愧先賢。

（前腔）（生）嚴親息怒，望矜憐，蒙訓責，敢不尊言。（外）未登雲路先穿補衣，快脫下来。（生脫衣內穿女衣介）（外）分明浪子形狀，豈是讀書人的行徑。施朱間紫可輕將褻服輕穿。（老旦）伊家聽言，昔斑襴五彩人争羡。（生）

觸音燭
玷音店

今日裏服御翩翩、看他年宮錦袍鮮。（外）不肖子、公卿之子不學流為庶民、庶民之子勤學可為公卿。你這不成才的這般懶惰呵、

【撲燈蛾】宮袍勿浪言、抵觸罪難免。縱飲宿娼樓、好把家聲玷辱也。（老旦）相公且奈煩。（外）還來護短。叫司書、從今鎖禁不許出門前。（老旦）老相公、須當宛轉、豈不聞堯舜之子未嘗賢。

【尾文】（外）夫人、我簪纓甲第還修善、到養這輕狂下賤。那些個奮發在青年。（外）叫司書、將這不肖子鎖在書房中。若放他出来、一頓打死你這狗才。

詩

辱沒家聲習下流　不如打死也干休
兒孫自有兒孫福　莫與兒孫作遠憂

箋音尖　肘音帚

(外下)(生老旦吊場)(老旦)我兒、攻書是你本等、怎么行這樣事、

【高陽臺】(生)在會景樓中偶題詩句隔墻被伊收拾他

即迎霞箋其時又爲兒得堪惜怜伊玉潔冰清也(老旦)

那烟卷難探消息我那兒可將張麗容撇下了我對你爹爹說別選個侯

門貴戚玉枝金葉(生)母親對爹爹說、要張麗容與了孩兒、孝順母親便了、

【尾聲】(老旦)再三不用多饒舌叫司書開了書房門推入書房去也

(老旦下)(生)天那教我獨守孤燈和泪血(下)

○第十一齣　結歡

【西地錦】(小生阿魯台上)塞外英雄自許朝中富貴誰倫肘懸

金印令嚴明頒牧還期相並自家阿魯台是也、自幼在伯顏丞相門下往来

閫音捆

苧音住

累立奇功，陞我為都統制之職，鎮守蘇松等處地方，前者琉球等國作亂，被我一計平伏，成此大功，回來指望封侯請賞，奈無物進與伯顏丞相，不能如意，不免喚參軍鉄木兒出來商議便了。參軍何在，

（前腔）（末上）閫外威權深重，軍門體統尊嚴。（見介）（小生）參軍，我立此大功，指望封侯請賞，誰知低滅無聞，思想起來，奈無異物進與伯顏丞相，不能如意，你有什庅好計獻上来。（末）禀元帥，伯顏丞相富貴已極，天下奇宝，皆出其門，為今之計，須得絕色美女進去，方可得其歡心。（小生）好計，就命你將千金綵叚，蘇松等處，搜尋美女便了。

（泣顏回）汝可速登程，愧無媒承献名臣，須尋國色，使嫖姚終保麒麟。（末）殷勤去尋苧蘿村嬌媚，休教隱效陶朱，密訪旁搜，献伯顏以結歡心。

好去搜求美女　　神京献與伯顏

閨外將軍一令　朝中天子三宣

○第十二齣私會

【唐多令】上（旦）秋氣入林皋梧桐葉漸凋情郎一別信寥寥盡日杳無消耗（憶秦娥）菊鋪金凌波小襪穿花陰穿花陰有何情緒對景留心耳边消息空沉〻對景樓上愁登臨〻〻從他一別想到如今奴家自見李郎將謂終身有托誰想陡遭讒佞西下竟起風波日来被洒銀公子在此纏擾正無處躲避偶然白尚書夫人生辰来喚奴家承應一則假渠內闥遣我愁腸二来便道探取李郎真信却不是好有財那里（净上）听得有風聲慌忙走不停不知要遞柬不知要傳情姐〻喚有財那里使（旦）照前白介可將樂器藏在錦囊中隨我前去（净）拿什玄好紫鸞簫（旦）蕭史秦樓逢弄玉我今向意品鸞簫不好（净）斑竹管（旦）湘妃雨後来池上又被風吹别調間也不好（净）琥珀詞（旦）知音只向知音說不是知音不與彈不好（净）琵琶掃一掃何如（旦）這個使得當初曹有賢

杳音咬

擾音遶

雎音疽

沼音找

棹音兆

婦伏此寫怨與人我有一腔春恨正要彈他取来（箏）在此了（旦）有財我問你我今此去可打從李府門首經過玄（箏）姐々正打從李相公門首經過（旦）我欲進去探取李玉郎一面（箏）如今李相公不是前日那李相公了學禮孫先生知道他在我家嫖一封書送與李都憲拿回家去一頓打鎖禁書房中為你害成相思病在家（旦哭介）呀李郎（箏）媽々教我不要說又說了出来（旦行介）

（月雲高）（旦）闋々雎鳥雙々向林杪同契還同宿同食還同嘯誰想大限無端何期来早雄在東洲喚雌在西林叫似雨逐寒梅粉褪嬌（苦嗄）畢竟桃花命裡招（下）

（前腔）（生扮病）（丑扶上）雙々鴛鳥遊戲在蓮沼同翅還同絆同浴還同飽誰料漁人冲波使蘭棹雄向沙頭困雌向溪頭遶雨打梨花誰與敲畢竟楊花命合飄（長相思）（小窗西）

綎音陛
阡音按
療音料

画堂西。寸斷柔腸美思迷、空聞鉄馬嘶、億佳期、盼佳期、夢見雖多相見稀、相思無盡時、小生彼父親鎖禁書房、雖在華堂、猶如綎阡、這時節茶飯不思、只覺俺俺沉困天那、又不知麗容一向如何了、正是海上有方醫雜症、人間無藥療相思、司書、老爺方才那里去、(丑)白府拜壽去了、(生)司書、老爺既不在、你可到張翠娘家、討一個囬音與我、(丑)相公、你是極聰明的、被那張麗容弄得昏頭沓腦、喫茶也是張麗容、喫飯也是張麗容、吃藥也是翠眉娘、翠眉娘不来、想着你、我如今去問信、倘老爺回来怎么好、(生)不妨、只說你取藥去了、(丑)小人就去、出得府門。好古怪、前边来的好像張麗容、

(旦淨上)畢竟梔花命裡招、有財、這都憑第、莫不是李府玄(淨)正是李府了、(旦)既是李府府、我立此柳陰之下、你上前問個消息可見得一面玄、(淨)曉得、待我到府門首去、(丑淨見介)(丑)有財為何到此、(淨)我家姐〻也在此、(丑)翠娘在此(見旦介)我相公正着我来看翠娘、(旦)我要到白府與唱、先来看你相公(丑)老爺白府中拜壽去、大相公封鎖在書房中、見不得、(淨)司書哥、老爺不在、姐〻進去見一見何妨、

檻音限

槁音藁

（丑）我府中人口衆，倘老爺知道了，豈不累我。（旦）悄悄進去便了。（丑）也罷，隨我進來。有財，你進來不得。（淨）我怎庅進來不得？（丑）我府中門檻高，你是烏龜，怎庅樣進去得？（淨）滾進去便了。（丑）轉灣抹角，此間是書房門首了。（旦）你看這樣封鎖在此，怎得出來？（淨）司書哥，開了書房門，待我姐姐進去見一面，何如？（丑）門開不得。窗眼裡看一看，待我對大相公說便了。（旦作窺介）

【桂枝香】看他容枯色槁，形衰力少，減盡了司馬風流，瘦損了六郎花貌。記相逢那宵，記相逢那宵，共同歡笑，鴛衾顛倒。（淨）司書哥，將書房開了，放我家姐姐進去見一面就出。（丑）門開不得。（淨）你不知道，心病還將心藥医，你相公病為我家姐姐，身上起見一面，或者好了不見得。（丑）說得有理。悄悄進來。（旦見生睡）會今朝，天那，輕別驚相見，不敢高聲淚暗拋。（哭介）

（丑）不要說我相公渾了，方才被你一哭，哭得我也渾了。（旦抱生低喚介）（生醒介）

疤音巴

豚音騰

（前腔）驚魂初覺耳边誰噪（旦）王郎張麗容在此（生）呀我那翠娘嗄恰纔
的夢裡相逢誰承望伊家来到（旦）王郎有何心事可對我說（生）有心
事萬千有心事萬千一時難告惟天可表還記雨雲
交（旦）王郎莫非弃舊也（生哭介）翠娘呵頭髮因何剪香疤為甚燒（内喚老爺
回介）（丑）不好了今日要弄将出来老爺回来看大相
公這里没有陰溝洞看你躲在那里去（浄慌且躲桌
下介）（丑）我在外面将門鎖了只說
取藥倘老爺不進来我祖宗有幸
（前腔）（外上）痴兒病倒箕裘誰紹我為官保一世清名怎
遭這豚兒不肖我那不肖子被我打了鎖在書房中我想父子之情終不可失當時毛輪
已曾一夜十往聞得他有病心甚懸掛白府赴宴困
此先回叫司書開了書房門（丑慌歎介）息索〻〻（外）
恁広（丑）鎖簧秀了（外）謾〻開（丑開介）（外）我兒你這病
為何起的敢想那張麗容（浄扒介）（外）這是什広来（丑）

繵音蟬

㒷音幸

老爺這個人叫做知古今說淂好琵琶詞大相公病
体沉重無可消遣彈些詞兒听〻（外）他打那里来的
（淨）来處来的（外）往那里去（淨）去處去（丑）適才門兒鎖
上的他在狗洞裡鑽進来的（外）原打狗洞裡入出去
（旦）饒你口張誇終須往外又（淨）好了好了怕来鑽狗
洞再不要背琵琶我到出来了我的娘你怎的淂出
来（下）想你這病兒想你這病兒有方難療吾心纏擾
（外）自今朝把意馬牢拴繫心猿緊護着我明日再来看你司書好生看
大爺（虛下）（丑）快走我的騷娘不要連累我（外復上）叫
司書（旦）照前躲介（丑應介）（外）好生伏事大相公去請
太醫明日好了重〻賞你（丑應介）（外）欲將詩酒牽愁
繞愁繞詩情酒興疎（下）（丑）幾乎做將出来老爺復轉
来這個騷貨在裡面走將出来老爺見了了不淂如
今待我驚他一驚叫司書桌兒下什麼人拿出来㖿
（旦驚介）（丑）活驚殺你（旦）王郎你爹這等嚴厲
和你怎生是好（生）屈于大人之命奈何〻〻
憶多嬌伊有恩我有情一似明月梅花兩照心却被

姤音杜　岐音其

姤雨殘蒼月被陰（合）両淚紛〻両淚紛〻未卜何時
再見君
〔前腔〕（旦）奴意真君意真不待君家我也必喪身和你
両地相思却恁生（合）両淚紛〻両淚紛〻未卜何時
再見君
〔鬧黑麻〕（生）恨殺嚴親將我鴛鴦拆群我在神前和你
淒〻設盟伊今去我欲消魂堦下殘紅一似情人淚
零（合）衷腸難盡臨岐不忍分頃刻天涯頃刻天涯只
向東風訴陳
〔前腔〕（旦）生只願如平陵鹿車共乘奈你嚴厲椿萱死

霎音撒

荷音賀

態苦心、今別去、痛難勝、對泣相看、猶恐猿聞斷魂、（合）長腸難盡、臨岐不忍分頃刻、天涯頃刻天涯、只向東風訴陳、（浄丑上）相公、奶奶出来了、翠娘快快出去罷、

哭相思（生旦）結髮夫妻在一朝、霎時相會又相拋、低聲又恐人知道、不覺寬聲徹九霄、（旦下 生吊）魂暗暗思追追、秋窓最苦洒芭蕉、（丑）不如收拾閑風月紙帳梅花獨自熬、下

○第十三齣佳麗

（番筭子）（末扮鉄木兒上）玉帳荷專征、金闕承台命、號令在圍營、豪氣威風凜、自家鉄木兒是也、昨奉元帥將命、着處搜求美女、再無絶色者、不免在教

瞞音謾

綽音棹

坊司、喚瑟長来問他、左右的、可去教坊司喚一個瑟長来、我有話分付他、（雜喚介）（丑上）胭脂為活計、脂粉作生涯（入介）教坊司瑟長、叩老爺頭（末）瑟長、你在教坊司幾年了、（丑）小人在教坊司一萬年了、（末）怎庅有這許多年、胡說（丑）爺、却不道是萬歲緑毛亀（雜介）（丑）實不瞞爺說、小人雖沒有一萬年、其實是個積年老烏亀（末）休胡說、我且問你、出名妓者有幾名（丑）爺、官妓雖多、絶色者甚少（末）有德色兼全者、報上来（丑）爺、待小人想嗄、有了、有一個張麗容、琴棋書画、無所不通、工容賢淑、無所不備、果然是德色兼全（末）果然如此、我将千金彩段、作為聘礼、你先去分付他、毋親我隨後親到他家、與他面講、你把他容貌試說一番、

（東甌令）（丑）老爺听稟　真國色。果傾城、堪羨紅樓張麗容、千嬌百媚都齊整。綽約難相並、吟詩作賦更鳴琴、歌舞著芳名。

（劉潑帽）（末）即忙前去傳軍令。料他們敢不應承、黃金

芊音千

髻音計

娃音蛙

白壁来行聘、准偹彩輿迎淑女、多榮幸、

詩

千金不惜買笑錢　台命傳来敢浪言

美女若教来相府　這回端的好姻緣

○第十四齣　行售

【隻勸酒】老旦上　雲鬟髻鴉、汗巾羅帕、呼湯喚茶、果然極靶行、来好似虎排牙。一家兒都怕媽媽。事不關心、關心者乱、我女兒嚴容、往白府中㑌唱、畢竟打從李府門首經過、猶恐他進去探望李玉郎、這也不打緊、倘然他老爺知道、這事恐了、已曾差人打探消息、未見回我、好生放心不下、

【前腔】丑上　朱樓女娃、清奇瀟洒、張家老媽、果然造化、當朝一品大官家、怕風塵無福消他。此間是張家門首、不免逕入、老媽媽、

懵音蒙
懂音董

拜揖了、(老旦)呀、老官人一向不到我家、今日甚風吹到這裡、敢是討月錢㕥、(丑)媽媽、我豈為這些小事、(老旦)敢有甚㕥官身、(丑)也不是、媽媽、有一件喜事報你(老旦)有何喜事、(丑)這裡阿魯台老爺、聞得你女兒張麗容、天姿國色、絕世無雙、他將千金彩段、聘你女兒進與伯顏丞相、差叅軍鉄木兒親到你家、與媽媽面講、因此先着我来通知一聲、(老旦)咳、老官、別人不知道、你是知道我家的、老身一家人口、單單靠得這個女兒、賺錢養家、他若去了、老身靠誰、(丑)阿呀、媽媽你從来是有筭計的、今日為何這等懵懂了、他將千金彩段、来作聘礼、你且收下、打發女兒出門去了、再尋中意的丫頭、再討他幾個做人家、豈不兩便、况且官府利害、怎由得你、(老旦)老官、雖然如此說、只是我捨不得這樣好女兒、(丑)媽媽、你女雖好、我曉他近日戀着個人哩、(老旦)便是、就是那李玉郎、(丑)原来、他既戀着李玉郎、你女兒最要俵鬼的、倘他兩個合了一條腿、尋個計策、使起官勢来、多則不過二三百兩、少則不過一二百兩、如今比他爭空的多了七八百兩銀子、雖道不好、(老旦)雖道我是這不識好歹的、只是不知那個天殺的、報我的女兒應選、(丑)媽媽、若是我、遭

冉音染
倩音𠃧
鴇音保

瘟（老旦）老官不是這個報我的女兒的其實作成我賺了一主銀子我要補報他（丑）呀媽ゝゝ若不是我也要遭瘟（老旦）既如此尚容ゝゝ（丑）媽ゝゝ千個尚容不如一個笑話這也不在話下你且听我道来（丑唱）

【黄鶯兒】丞相選嬌娃翠眉娘貌甚佳阿魯台不惜千金價買丫鬟侍他駕仙舟送他雲帆冉ゝ乘風掛（末扮鉄木兒領左右上唱）女娘家風情債滿從此脫煙花（丑）瑟長接老爺這是張麗容母親（老旦）鴇兒叩頭老爺（末）瑟長你與他講了亥（丑）小的與他講過了他說老爺嚴命怎敢不從（末）既如此將千金彩段收下快打發你女兒下舡再看五兩銀子賞那瑟長（丑）謝老爺

（末）今朝選汝他鄉去（老旦）明日燈前少一人

（丑）恭喜恭喜麗容姐怎庅不見（老旦）白府中供唱未回（丑）媽ゝゝ不可走漏了消息若漏了消息這了頭就不回来了（老旦）老官我有這樣本事才賺得這樣錢使你但放心（丑）這其我先告辟了

劈音匹　吹去声　浪音郎

閑門不管窓前月　一任梅花自主張　下

(老旦)有財那里(淨上)有財有財燒火劈柴舊姐〻要去新姐〻未来媽〻有何分付(老旦)有財怎広姐〻此時還不見回来他若回来知此消息他怎広肯下舡去你有甚広計較說一個来(淨)我有計在此(老旦)你且說来(淨)媽〻你平日哄千哄萬不知設法了多少計較倒来問我(老旦)休浔胡說(淨)不要惱待我說広我悄〻地到白府中去報他一個假信只說李相公放出来了帶了許多金銀叫下遊山舡接你到舡中去遊虎丘張公洞他那裡曉浔官舡私舡待他下舡竟自開去有何不可(老旦)此計甚妙

計就月中擒玉兎　謀成日裡捉金烏

○第十五齣登程

【八聲甘州】(末扮鉄木兒領左右侍女同上)蘭舟画槳聽一行鼓吹泛爾滄浪為當朝宰相千金選得紅粧(雜)水手見爺(末)叫水手(唱)曉

行音杭　泛音汜

行須挽中流楫、侍女們張嚴容來時呵、夜宿還親粉黛香、（占）張美人来時、老爺不便、稟老爺前舡請坐、（末）說得有理、合當避嫌疑且進前航、（末下）（二旦）吊唱

（前腔）金釵十二行、映画舡簫鼓、水色山光、數聲咿喔、輕鱗飛出松江、沉烟須早籠、鴛帳錦被、殷勤疊象床、

（合）合當、張美人来時、我與你呵（唱）承值他前世嬌娘、（旦淨急上唱）

（賺）步履匆忙、欲與才郎泛錦江、有財李相公在那裡（淨唱）在樓舡上、一雙青眼望雲橫、（旦）進官艙滿前勝景同觀賞、何幸追陪李玉郎、（二旦唱）看他嬌模樣、分明神女瑶臺降、使人驚恍、使人驚恍、（二旦）侍女們嗑頭（旦作慌介）呀、二位姐姐不要差認了人、好蹺

琅音郎
行音杭

蹊、(唱)

(前腔)我是薄命平康、休錯認雲英伴楚襄、(二旦)美人你且休勞嚷、今朝華屋佇琳琅、(旦)有財這是恩厷說、如今李相公在那里(淨)那裡甚厷張相公、李相公、這裡阿魯台老爺要選姿容絕色、進與伯顏丞相、媽媽因你戀着李玉郎、不肯接客、淂了千金、將你如此了、(旦)賣了、可憐天那、恨娘行結成四面青絲網、打散隻金鳳皇、(二旦)美人、千金聘汝、豈曰不美、此行富貴已極、何必顧戀窮酸、甘為下賤(旦)有財、你快與我報與李相公知道、使我見他一面、便死也甘心(淨)姐姐、此間已有官府關防、那個容你如此、你不若寫書一封、我與你寄去如何(旦)這也說淂是、只是舟中帋筆不便、如何是好、罷、我不免交破指頭寫血詩一首、于向日霞箋之末(寫介)

死別生離莫怨天　此身已許入黃泉
愿郎珍重休相忘音望　擬結今生未了緣

薄命妾張麗容斂衽再拜、夫君李玉郎親拆、有財此

書煩你遞與李郎道我書不盡言有死而已（淨唱）姐〻你休悒怏此書為你專投

上慢添惆悵慢添惆悵（淨下）（旦唱）

（解三醒）我只道是章臺相傍却原何浪打鴛鴦鳳頭鞋跌綻無情況甘苦斷九迴腸似彩雲夢斷悲蘇小高掛雲帆出豫章心難放心難放捹得個珠沉玉碎斷送年芳（末眾）（唱上）

（前腔）趲程途急須前往命舟師遠整帆檣輕舟快槳亂衝波浪驚起那野鴛鴦青山鎖翠迎青眼兩岸芦花照夕陽（合）忙催上忙催上喜雲間已遠早抵要江（眾下）

霞箋記上卷終

鞅音樣
杵音褚

鐫新編音釋全相霞箋記下卷

秦淮墨客　校正
唐氏振吾　刊行

第十六齣得喜

解三醒（生上）雖禁這孤房鞅鞅，沒奈何偷越危墻潛身直到平康巷朱樓裏會嬌娘，似春風燕子逢劉盼覽。醉佳人錦瑟旁（合）非安望想也，難道廣寒玉杵。未付裴航。（小生）被父親鎖禁空房思想翠眉娘，其實無一時放下。今早司書說我父親今日赴席去了，被我越墻而出，一路行來，此間已是他家門首，裡面有人麼（淨）應上門前冷落車馬稀，不知那個遭瘟的呀，原來是李相公，衝突衝突，李相公你前日鎖在那狗洞裡頭，今日元何得出來。生甚麼是狗洞（淨）我恰是

珍音真
夥音火

狗洞裡出来的（生）閑話休說快請姐〻出来相見（淨）還要說姐〻〻姐〻因想得你緊吊死了（假哭介）（生）果然吊死了可憐那（跌脚介）（淨）且不要哭你且抹了眼淚不曾吊死到在我袖兒裡（生）一個人怎麼在你袖兒裡（淨）不囉有書在我袖兒裡（生）快將来我看（淨）遞書生接看介薄命妾張麗容斂衽再拜夫君李郎開拆這是我霞箋事有可疑呀後面有血詩一首叅别生離莫怨天此身已許入黃泉頭郎珍重休拈忘擬續来生未了緣有財大姐那里去了（淨）這里阿魯台老爺要選姿容絕色者進與當朝伯顏丞相媽〻因他不肯接客得了千金將他賣了（生）呀賣了可憐媽媽你好狠心快請媽〻出来相見（淨）媽〻攛去了（生）都是你你這夥人幹出来的勾當快還我大姐来不然拿你到官去（淨）相公不要惱待我說與你知道姐〻那日下舡之時因放你不下就要投水虧我救得他住因此修這封書着我報與你知道如今兩隻大官舡一隻是鉄木兒伴送的一隻是姐〻在裡面開船不過去得一兩日你如今快〻趕上尚會他一面也未可知（生）既如此有財你同我趕上去（淨）曉得了相公你来你便朝西我往東去（推生倒介淨下）（生）吊場

陌音默

髡音坤
鉗音乾

【前腔】恨殺我侯門天樣，蓋殺我陌路蕭郎。偷香怎到天台上，嬌麗質在何方。渭河折柳愁蕭玉，珠掌何能遇鳳翔。我因要見他，且喜帶得些銀子在此，如今也顧不得爹娘了，連夜赶上，會他一面，也未可知。(唱)(合)忙追上，顧不得風飡露宿水遠山長。(下)(丑上唱)

【前腔】沒来由。遠隨尋訪受恩處，怎敢相忘。他琵琶巳抱章臺傍，青青的柳條長。(白)好咲好咲，我家相公無道，撇了白頭二親，戀着个青春年少，只為一個小娘，美得七顛八倒。老爺不在家，大相公因想翠眉娘，越墻而出，老爺奶奶着我追尋。出得門来，身边並無錢鈔，好苦人也呵。(唱)似髡鉗季布投張儉，忘命飄流客異鄉。方才聽得人人說，我相公為張麗容赶上京去了，我也只得赶上去。忙追上，顧不得風飡露宿水遠山長。(下)

熖音彥

沿音延

○第十七齣飛航

（縷縷金）（淨扮樵夫上）擔柴担轉山灣、便往長街上、賣銅錢。沽買三杯酒、且容消遣、（生急上）饒伊走上熖魔天、騰雲也追趕、此間已是官馬頭、怎么不見些動靜、前面有個挑柴的、問他一聲、老官可見張麗容么、（淨山裡紅沒有、（生）原来是耳聾的、（高聲介）俺見翠眉娘么（淨）大尾羊在山上（生）是個小娘（淨）小羊、大羊生的是小羊了（生）不是（淨）比寺在蘇州（生）問你打從那裏来（淨）我是沿河来的（生）你可見兩隻大官舡么（淨）五月端午拿的蝦蟆、晒乾了、便是乾蟾（生）我問你、是兩隻大座舡、曾過去么（淨）座舡過去了、（生）過去多少路了、（淨）過去有兩站路了（生）老官起動你指引、陪我去一去（淨）公相、一日不趕、一日不活、我老人家要打柴沒有閑工夫（生）我有銀子謝你（淨）和尚淂錢經也賣你拿了銀子来着（生與銀介）（淨）這等眠倒来、待我挑了你去何如（生）這反（不便、只要你指引便了、（合）饒伊走上熖魔天、騰雲也追

甜音田

踢音剔

彀音構

赶、（下）（丑扮賣糖挑担上唱）

【前腔】挑糖担、到街前。生意雖微細、嘴兒甜。慣哄兒童輩、銅錢来換。（賣糖賣糖）（净生）饒伊走上焰魔天、騰雲也追赶。（生净忙行介）（與丑相撞）（打番糖担）（生被丑結住介）（净）劈開生死路、跳出是非門（先下）（丑）恁底将我糖担踢番了、要賠我的来（末上）閑坐草堂觀史策、門前因甚鬧聲喧、呀、這是李公子、因何在此（丑）公公、我在此賣糖、他将我糖担一脚都踢番了、小本經紀、交我如何折得起（末）小哥、不要囉唕、這是李都憲公子、待他陪你些銀子罷了（生）老丈、小生愿陪、這是三錢、你可将去（丑）不彀不彀（末）小哥罷了（丑）家公公分付、只得罷了、正是得放手時須放手、得饒人處且饒人（下）（生）老丈多謝了（末）公子請到舍下献茶（生）老丈、小生有些小事来此、告辭了（末）公子、老夫有一句話、請問公子（生作忙欲行介）老丈有話就說、小生要行了（末扯住介）公子且從容、前者舍親為些小事在本縣、欲求令尊老先生與縣主講一講、舍親曾備薄

搵音穩

潸音山

禮奉送上、元何這兩日不見回音。(生)這事小生實不知道、但老父平日足跡不入公門、恐不淂如命。小生告行了。(末又止介)不然、公子、令尊大人想是作難、若是禮輕、待老夫對舍親說、再加厚些、再求公子在令尊面前另言一二。(生)老丈小生實不敢相瞞、有個朋友在前面候小生說話、小生去一去、就來請教。(末扯生)(生推倒末)(急行下)(末)你看後生家這等性急、將老夫推倒、竟跑去了、且回家去罷、正是閉門不管窗前月、一任梅花自主張。(下)(生上)一心忙似箭、兩脚走如飛、正是要緊之際、被這老頭兒絮絮叨叨、又阻了一會、呀、天色將晚、怎生是好。(唱)

(新水令)鳥啼霜滿小春天、逐東風去心如箭、成灰心未灰、痛血淚先斑、有恨難傳、有恨難傳、百忙裏搵不住潸潸泪眼。(下)

步步嬌(二旦侍女隨旦上)輕舟遠送、珠千點、印濕香羅無

□音促

驂音叅

犀音西

語泪偷彈黛戲娥眉肌鬆金釧想起舊姻緣須知藕
斷絲難斷（下）（生上）
（折桂令）戰篤速舉步難前力軟筋疲襪綻鞋穿恨殺
我孔雀屏懸芙蓉帳冷翡翠衾單受了些〻似羊腸山
遥水遠經了些〻沒早晚露宿風飡纔〻過了淮安又早
桃源本待要寫衷腸倩鴻雁傳情怎能反天風去挽
雲驂（下）（三旦上）
（江兒水）還夢星前愿猶疑枕畔言咭叮咚可惜冰絃
斷路迢〻阻隔關山遠急煎〻打散鴛鴦伴空透靈
犀一點似雲裡風箏斷却一條長線（下）（生上）

漩音旋
埠音步
蹇音撿

（雁兒落）我為你違義方，椿與萱。我為你絕苦口，親和
眷。我為你厭珍羞，怕待沾。我為你聖賢書，無心看。我
為你茅店內和衣睡，我為你渡溪頭忘水漩。一路問来，此間
徐州了，且喜此處埠頭多有生口，那趕腳的牽驢兒
来（丑）客官要驢兒往那里去（生）我要趕鉄木兒座船
你可見過去否（丑）鉄木兒是兩隻大座船否（生）正是，
（丑）若是差兩日路了（生）你既看見過去，船中可見什
否人否（丑）不見什否，只見船艙裡面，有個婦人聲音，
不知唱曲，也不知是哭，又听得只顧叫道局長局長
（生）呀，可怜呵，這分明是叫我王郎了。（丑）掌鞭的，可將快
蹇驢趕上去，重重謝你（丑）要一兩銀子（生）就是一兩
（上驢介）趁侵晨跨上寶雕鞍，急煎煎攬轡更加鞭（丑）慢行些些
（生）你道是蹇驢行須慢，怎知我熱心腸不放寬，加鞭
趕上了翠眉娘，重相見，傳也麼言，頭贈你揚州十萬

錢（下）（三）（旦上）

【僥僥令】魚沉還雁杳。月缺與花殘，兩地相思相牽

辜負了美前程寄錦箋。（下）（生）（丑上）

【收江南】呀，早知道這般樣拆散呵，到不如不遇嬋娟。到做了伯勞東去燕西，番愁着那孤雁唳霞天。（丑扯）（住介）

下驢来，打壞了驢兒，将什么去赴錢。（生）驢兒不快（丑）官人心急馬行遲。（生）前面甚么山（丑）是望夫山（生）妻你不知望我否（丑）相公将銀子来，我買料與驢兒吃送你過山（生）也罷，這是一兩銀子，你可收下（丑）接銀上驢跑（下）（生）呀，赶脚的你可轉来，被他哄去了。望夫山可憐可憐可憐。又不敢高聲啼哭怕聞猿（下）（三）（旦上）

【園林好】你緣慳奴身命蹇，離恨天玄而又玄，我欲向

行音杭
掣音徹
烘音轟

金山題、怨悲檻鳳奈囚鸞〻〻〻(下)生(上)沽美酒金雀屛各一天、玉簪折。分兩邊。合浦珠、飛甚日還、豐城劍。老燕山、師曠鏡墮深淵。正好行路、不覺天色昏黑、呀、不好了、一陣狂風驟雨来了、如何是好、前不巳村、後不着店、只淂冒雨而走走金蛇。幾行掣電。迅雷轟。驚翻幕燕。雨滂沱亂飛銀練。意愴惶。神疲力倦、我呵、又黃昏黯黮。見柴門吐煙。風又大、雨又緊、其寔一步也走不淂了、呀試敲門。且投宿店。店主人有玄(丑)釀成春夏秋冬酒、醉倒東西南北人、那一個(生)投宿的(丑)這等大雨、傘也沒有、渾身都打湿了、請裡面坐(生入介)夜飯整治些来喫、衣服與我烘一烘乾、明日五更便要起身(丑)知道了、(下)(生)妻、交我怎生睡淂着、

(清江引)試將薄粥充饑嚥。無奈精神倦。揉殘茉莉香。

燮音雪

叨音滔

拆散鴛鴦伴。只落得伴孤燈。紅泪眼。

詩　下得相逢結好盟　相逢又早別離深
相思相見知何日　此時此夜難為情

○第十八齣遣妬

（夜遊朝）（淨扮伯顏丞相上）位正朝綱官居宰相四時燮理陰陽赫赫威名巖巖氣象首出百僚之上（下官元朝左相伯顏是也）為天子之股肱作朝廷之耳目奉吾者無功亦賞抗吾者有績必誅叫左右的大小事情即來通報（雜應聲介）（末上）

（前腔）末上封章光授宰相献紅顏叨沐恩光（見雜介）長官俺是鎮守蘇松總制阿魯台差叅將鉄木兒求見丞相爺煩乞通報（雜）具白金二十兩乞哄留（雜）可見得忒

潭音談

降音何平声

(末)不妨、見淂的、(雜)禀老爺、蘇松統制、差鉄木兒求見
(淨)令他進来、(末)鉄木兒叩爺頭、(淨)你是阿魯台差来
的、(末)是、(淨)你那李官屡報虚功、外邦尚未臣服、差你
来何幹、(末)俺本官久失修敬、聊具珍珠一斗、美女一
人、少申犬馬、(淨)金珠彩段、不足為竒、
又有美人、令進来、(末)美人可来、(旦上)
(前腔)紫府潭潭朱門兩兩天下人民共仰、(末)美人、小
心相見、(旦)張麗容叩頭、(淨)美人擡頭、(旦)擡頭介、(淨)唉介、妙妙、天
姿國色、絶世無雙、鉄木兒、你那本官如此用心、封侯
進爵、指日可望、
還有什玄話講、
(瑣窓郎)(末)伏天恩坐鎮松江、四國諸侯盡納降、遣来
飛捷奏上金章、消垁未報中心鞅掌、献佳人聊供歌
唱、(合)美粧天姿國色、果無雙、祇應疊被鋪床、
(前腔)(淨)我堂堂畫棟雕梁、只少金釵十二行、喜娉婷

睨音倪

婍音奇

妮音你

到此滿室生香瓊瑤授我豈尋常佳睨貯金屋謾同歌唱(合)美粧天姿國色果無雙令人如醉如狂(內云聖旨下)(小生持節上)聖旨已到跪听宣讀詔曰丞相伯顏所進番僧教演宮女已熟朕在便殿詔丞相同觀謝恩(淨)萬歲叫那松江來的官兒明日領書叫侍兒將新娘送在夫人處(應介)(淨)君命召不俟駕而行(下)(丑扮夫人上)(占隨上)

(前腔)享榮華高坐中堂何處飛來惡禍殃侍兒我聞得蘇松統制進甚庅美人說道甚是標致(占)夫人美人叫做張麗容果然生得十分標致(丑)呀我看他春山淡掃秋水橫波腰肢擺動香浮遍体兩脚来蓮生滿地我見猶憐况老奴乎行看他溫柔體態婍妮輕楊一似太真容貌西施模樣怎交他相親相傍(合)美粧天姿國色果無雙(作煤腹介)令人顰蹙酸漿(旦夫

贅音墜　捉音着　艱音奸

人、張麗容嗑頭（丑作怒介）哇、賤人、這裡不是你停立之所、咩侍兒、可赶他廚房中去（占應介）（旦先下）（丑）事不三思、終有後悔、留那婦人在此、必定奪吾之寵愛如何處之（占）便是、夫人可尋思一計、擺布他才好（丑）有了有了、如是苍々宮主、招贅几都附馬、我如今連夜寫下表章、將他獻與太后、伏侍宮主、絕了祸根、豈非兩得其便、

好計好計

計就月中擒玉兎　謀成日裡捉金烏

○第十九齣獲實

（駐馬聽）（生上）奔走神京、只為佳人張麗容、一任登山涉嶺、冒雨衝風、露宿霜征、紅顏斷送入朱門、書生空想團圓鏡、小生一路赶来、盤纏衣服、盡行用去、又打听得張麗容、送入伯顏丞相府中去了、只得不避艱險、到他府門前去打所消息来到此間　受盡艱辛、侯門如海、教我向

偎音威

恪音却

誰詢問。（淨執事）（隨上）

（前腔）朝罷宮廷，妙舞清歌揔出群，真個是鸞形曲折，燕影蹁躚，響落梁塵。微臣何幸，浔躬逢，頓教人意焉心猿引。（我知道了）幸有新進娉婷，准備着偎香倚玉洞房歡慶。（生闖導介）（淨）什么人闖我的導，拿進來。（衆應拿介）（淨）你恁么在我府門前探望窺竊，復衝我的節鉞，你敢是個奸細么。（生跪介）念小生雲間世族，偶寄蹤于京華，丞相天上台星，望垂慈于草芥。（淨）听汝之言，綽有儒風，那里人氏，叫甚名字。（生）

（祝英臺）住雲間李彥直，黌序一儒生。（淨）松江人了，可有父母么。（生）父列縉紳，恪守官箴。（淨）做甚么官。（生）當年侍御皇廷。（淨）既是官家起来作揖。（生）不敢。（淨）官家子弟為何一身狼狽至此。（生）愚懞，只因遊學京師，命蹇

悚音聳

駭音亥

雖面虎章阿魯台所進張麗容與小生有中表之親昨敝鄉人来說已送府拔此小生特来探信又誰知悮犯天顏望行寬縱

（前腔）（淨）慚愧〻却原来葛氏之親錯認是飄蓬看他英姿美容瀟洒風流多應是未遇較龍須加功奮志芸窓擬作皇家梁棟（生）今日授去泥途你且免冲〻（生）謝丞相不罪之恩（淨）令妹到此尚無親人所依既為中表相見何妨（生）小生到此正當一面蒙丞相不疑足仞大度（淨）何疑之有命侍兒請新娘出来（雜應介）（丑扮侍女上）听得擊雲板將人駭破胆来到老爺前還不敢侍兒嗑頭（淨）侍兒請新娘出来見了他表兄（丑）新娘新娘說起話長昨朝一到見中堂夫人見他十分美貌果然絕世無雙猶恐奪了寵幸連夜寫下表章將他献與太后伏侍宮主招贅才郎表兄不勞相見老爺免得思量（淨）唉去罷（丑下介）（淨）氣殺我也張麗容献與我的怎亥進與太后去了氣殺我也李生

嗔音称

賚音賴

你遠遠到此、令妹又不能相見、如何是好、也罷、[illegible]
已近、你可在此攻書、老夫有處（生）多謝丞相大恩（[illegible]）
叫院子、你可送李相公到相國寺中看書、分付僧、
叫他好好看待、薪水之資、我這裡自送去（雜應介）

詩

可惜美嬌姿　堪嗔嫉妬妻
情知不是伴　事急且相隨

○第二十齣習禮

（神仗兒）（三旦丑扮侍女眾扮）宮娥紛隊。宮娥紛隊。逢（內臣小生捧詔上）
瀛難賽、滿目天香靄。耳聽仙音一派。商律奏、八音諧。
八音諧。（小生）王太后旨下、伯顏夫人苗氏、所進宮人張麗容等、恐未諳禮儀、着盈繡宮教演精熟、
侍宮主娘娘大婚之日、恁
憑選用、謝恩（眾謝介）唱
（前腔）天苍散彩。天苍散彩。皇恩寵賚、身沐恩光大。自

媿裙釵、女孩、趋玉步。下金階。(下)

○第二十一齣相逢

【金焦葉】(生上)奈何奈何我嬌妻在宮中怎麼想前生究家債多故今生無福消佗　無双向意入唐朝、仙客雖世、皇宣奪寫贐多嬌、小生自那日赶上京来、指望與麗容近舡中一見、誰想先献與伯顏丞相去了、及去府中探親、假托中表、幸伯顏終係胡人、信而不疑、即許相見、誰想机會難逢、又被夫人所忌、進入皇宮去了、蒙丞相送我在寺中看書、你看好大雪也、正是漫揭心經因遣悶、懶拈雪句為懐人、(末上)掃地恐傷蟻命、愛惜飛蛾紗罩灯、相公稽首、(生)長老拜揖(末)相公在此甚是有慢、多罪多罪(生)小生無故受你供養、何以克當(末)相公在此客边甚有不樂之容、今聖上有一花〻宮主、招兀都附馬、迎送嫁粧於金亭、館驛街上士馬紛〻、相公何不出去看一看、散悶何如(生)有這等事小生一定要去看一看(末)待貧僧奉瞥、向

膠音交

蟻音以

窩音倭
棘音及
坷音柯

如（生）雪大不勞禪步（末）既如此、貧僧煑茗奉候（下）（生）適才長老說、聖上招兀都附馬、迎送嫁粧于金亭館驛、想張麗容或者天可怜見、也在數内、邂逅相逢、亦未可知、出得寺門、好大雪也、

憶鶯兒）風一窩。雲四合。迷失青山綠樹多。惟有寒鴉棲古木。瓊鋪棘。駝瑤堆鳳閣。琉璃殿上銀粧裹。（合）欲見宮娥。去金亭舘驛。天意肯從麽。（下）

（前腔）（丑司書扮）風似梭。雪又磨。堪嘆窮途沒奈何。為（軍士上）逐恩東遭坎坷。喜來帝都。無計可釣。假粧一個操軍做。（合）去攔圍戈。倘然邂逅。主僕笑呵呵。小人司書是也、只為大相公追赶張麗容、不知去向、老爺奶奶放心不下、着我追尋大相公、我直赶到京、無處尋問、在此日久、盤纏使盡、欠下店主人飯銀、無處、店主人是個操軍、今日花花宮主、招贅兀都附馬、我替他在此應名攔圍、你

萍音平

看士庶紛紛、俱来看送嫁粧、或者我大相公也、欲見出来觀看、天使相逢、未可知也（行介）（生上）（合）宮娥去金亭館驛。天意肯從麼。（丑撞生介）呀那来的正是我大相公（相見）

（丑拜）

（生介）

哭相思（丑）萍水相逢恩主交人對面歡悲（生）司書、你怎底也到這裡（丑）自從大相公出来之後、老爺奶奶放心不下、着我追尋大相公、一路赶来、誰想直到此間相會（生）咳、老爺奶奶好麼（丑）都好、請問大相公在那里安歇（生）司書、自從到京之日、即便托做張麗容家中表姊妹、接入丞相府中、以備一見、誰想丞相夫人不容、隨將麗容進上太后宮中去了、以此不得相見、蒙丞相恩顧、送我在相國寺中看書、

（丑）咳、大相公、你也吃盡苦了、

憶多嬌（生）我遭折磨。受奔波。画餅姻緣空淚沱。風景淒涼感慨多。（合）無限狂畐無限狂畐怎遂詩吟蓼莪。

卸音謝

覿音的

(生)司書你既来尋我元何這等打扮(丑)只因宮主迎送粧奩我客主人是個操軍我欠他飯錢轉央我来應名以此這般打扮(生)元来如此我亦聞得太后娘娘點四十宮人從嫁我想張蠹容或在数内也未可知明晚定宿在金亭館驛我和你都粧做軍人渾入其内若得一見死也甘心(丑)大相公這也不難就穿了我的衣服待小人再去頂替一名便了

(鬧黑麻)(生)卸下儒冠把青鞓帶着穿上戎衣把藍袍換却。喬打扮他怎知覺變影移形又恐他行見錯(合)官家勢惡令人傾岱岳揔使覿面相逢ヒ ヒ ヒ 抵應偷睛看他。

詩

喬粧軍士混戎衣　不許傍人識妙機

雪隱鷺鷥飛始見　柳藏鸚鵡語方知

玣音弁

斨音鏘斧也

〇第二十二齣偶逢

(香柳娘)(衆扮內臣三旦扮宮女上)喜身承帝光一生歡暢自穿五彩團巹玣羨皇家瑞祥公主出椒房宮人伴隨唱(合)送香奩嫁裝滿朝賀章萬民沾仰(下)

(前腔)(生丑上)效軍家扮粧非同博浪只為一宵恩愛情難放混軍中執斨不見翠眉娘偷睛轉凝望(合)若相逢俊麗兩〻鸞鳳準〻飛上(生丑擺一列介)

(前腔)(衆宮女上)出龍樓鳳墻香輿車伏(衆下旦吊塲前面擺)

儼音碾　嶂音帳

圍的軍士好像玉郎軍人儼似他模樣俺我叫他一聲玉郎（生應介）翠娘（旦）低聲

喚玉郎（生）低聲喚翠娘耶（旦）天對面怎相覷（衆）快趕上去怎玄一

人失落後边（旦）褐褪遲ㄟ上（合前）送香奩云云（下）

前腔（生吊）聽聲ㄟ耳廂ㄟㄟㄟ有言說向眼前隔斷如

山嶂分明似喚郎ㄟㄟㄟ留下粉脂香音容竟何往

（合前）若相逢云云

前腔（衆上）看衢衢路長ㄟㄟㄟ盡蠶絲帳寶珎堆積光

世亮那金珠滿廂ㄟㄟㄟ富貴果無準又須知福緣長

（合前）送香奩云云（衆到驛擺門介）（內臣俱下）（三旦生丑分內外吊場）

前腔（生）正軍中令張ㄟㄟㄟ分明說向羽林甲士勤

棒音謗

嗽音瘦

遶擋。既通音在畫墻。ヒヒヒ欲待往東廊。還疑在西

向（合前）若相逢云云

（前腔）（旦）正沉ミ夜央ヒヒヒ更傳三棒。你看衆人心上無事、就睡着（習）了我有一腔春恨誰說向適才路傍軍人、分明是李玉郎粧做的、若果然料他必在墻外、打听奴家消息我亦不免私出堂外試探動靜、且看衆人睡着了未曾姐ヒ姐ミ、呼他們都睡着了走出（介）試輕移下堂ヒヒヒ悄立向堦傍。墻邊去探訪。已到墻边、不免咳嗽一聲且低將嗽揚。ヒヒヒ（生接嗽介）（旦）你听這聲音、嚴是玉郎我欲喚他、猶恐人知不當穩便我只叫霞箋詩便了（叫介）霞箋詩安在（生）李玉郎佩帶在此（旦）天那厮喚相呼。轉添悒怏（生旦作扱）（習渾介）（生）

（前腔）嗽聲兒過墻ヒヒヒ鶯喚輕樣難禁血淚拋紅

惆音仇
悵音唱

浪、聞你在鐵木兒舡上、我一路趕来、隨在丞相府中尋問、不想把你又献入宮中去了（唱）你係交痛傷ㄴㄴㄴ你既在駙馬府中、后日倘有机會、訴出你衷腸。終須脫羅經（旦）前日那霞箋詩、于今可在這裡（玄生）合這霞箋一張。ㄴㄴㄴ且收、入錦囊。免教惆悵（將霞箋丢入介）（旦）拾介呀）

（前腔）見霞箋斷腸ㄴㄴㄴ血詩題上。一封又見泛天降、待我映雪看来、人生離合係于天、切莫将身赴九泉、似此兩情金與石、今生應擬續前緣、天那此是和奴家前日册中之讀、似當初繡窓ㄴㄴㄴ兩地和詩章。到今日呀爭、如隔天樣。王郎、你既為我来到京中、今當大比之年、君當努力（合）顧登榮虎榜ㄴㄴㄴ你早上封章、姻親可望。（衆扮軍士生丑渾下）衆侍女吊場唱

（前腔）聽連籌漸長ㄴㄴㄴ五更時傍、階前已聽金鷄

唱。見瞳瞳曉窗、匕匕匕紅日上扶桑。東方已明亮。張家姐姐、天明了、快起來梳洗。進附馬府中去（旦）起（介）（衆）同快梳雲理粧。匕匕匕這般風流俏娘。果宜堪賞。（下）

○第二十三齣　聯姻

（外扮贊禮官上）淡月疎星遶建章。仙風吹下御爐香。侍臣鵠立通明殿。一朶紅雲捧玉皇。下官禮部贊禮官是也。今日花花宮主。招了鄧駙馬成親。公主在金亭館驛。道言未了。駙馬早到。（衆鼓吹迎小生上）唱

惜奴嬌　玉洞金池。喜親迎天女。成就婚期。香車內粧點許多珍異。希奇。曉日初昇樓臺聳。紅雲端裏琉璃翠。嘆人生裡。若無緣怎有這般遭際。禮官請公主升輿（三旦扮宮女隨卜旦上）

馭音御

卺音景

鬧寶蟾　升輿拂拂香霏（外）公主娘娘已升輿請貴人𧑄簾（小生介）把珠簾

垂下帶金拖地羨紅披白象又且紫駝乘馭偏宜卓

前錦帶吹馬前擁繡旗看須臾不覺的香塵亂滾已

到玉清宮裏（外）請公主升座、請駙馬上前行君臣礼（小生拜介）（外）君臣礼畢、請娘娘下堂、行

夫婦礼（小生與小旦對拜介）（外）婚礼已畢、宮主命排花燭送歸洞房（衆介合唱）

錦衣香　年正宜時方利月建輝日無忌從此諧和團

圓到底象牙床上捧金盃準叟叟合卺共效于飛似廣

寒宮裏把嫦娥謫來人世一對天緣美已成姻契鸞

顛鳳倒如魚似水

尾　洞房佳趣真無比神女襄王入繡圍任取冰輪掛

翹音喬
液音易

柳西。

詩

玉清宮裏喜相逢　魚水和諧樂正濃
今夕牛郎逢織女　明年王母產金童

○第二十四齣首選

考試

○第二十五齣得喜

（臨江仙）（小旦上）春眠不覺東方曉、画眉人未迴天朝、蓋傍粧臺整玉容、翠翹浮動宝玲瓏、羅裙半濺瀟湘水、金線斜牽太液風、奴家咨咨宮主自從下嫁兀都駙馬、且喜調和琴瑟、並美鼓鍾、侍兒們取過香奩、待我謾施膏沐（老旦扮侍女應介）（小旦唱）

（二郎神）春睡起、漸怯怯香肌褪、臉襯粧樓外一樹垂、

鵶音烏　紴音奏　掠音畧

絲籠霧裊玉奴頻笑茶蘼忽報鵶嬌聽窗外流鶯聲
喚巧。倦梳洗。懶將鸞照。琴瑟好閑却青螺留倩郎描。
喚張麗容與我點
鬢（老旦介）（旦上）
（囀林鶯）聞呼弱質點翠翹教人眉皺心焦。嘆愁容粧
不出歡容咲到粧前着問根苗這衷腸怎訴還須要
懇求哀告張麗容嗑頭娘々千歲（小旦）起来與我點鬢（旦介）潤香膏將翠鈿
點上（跌掠兒介）呼、不覺跌損掠兒稍（跪介）（小旦）這賤婢我看你每日雙眉鎖翠
滿目流霞尚不盡心寃訴雖沲玉碎珠沉有向寃枉
從寃說上来（旦）奴婢蒙娘々另眼首待寃有寃苦在
心今日蒙娘々垂問料想終難隱蔵我這一腔幽恨
離愁就奏與娘々知道娘々恕奴婢萬死（小旦）說上
来（旦）
（唱）

囂音僥

黛音代

【集賢賓】麗容自愧年幼小，遭逢恨落塵囂，故把瑤琴作鳳操。（小旦）你可曾有丈夫么（旦）原自有舊家京兆。（小旦）你既有丈夫、為何伯顏夫人、又將你獻與太后（旦）只為阿魯台、以千金購奴、轉獻與伯顏丞相、那夫人見賤婢有些顏色呵心煩意惱，把奴家計獻當朝。（小旦）原来如此、你丈夫何方人氏、姓甚名誰（旦）我丈夫姓李名彥直、松江人也、他知賤婢進京、聞知他也進京来了、聽奴告，李彥直他也在京尋討。（小生衆扮內臣隨上）

【皂羅袍】爭羨狀元榮耀，喜青年俊雅，學廣才高。退朝未許卸宮袍，歸來且看如花貌。（見介）（小生）可曾進膳么（老旦）進膳過了（小生）可曾画眉（小旦）還未（小生）取筆硯過来（老旦介）（小生画眉介）敢辭勞，輕將粉黛新月一鈎描。這是張麗容、為何號在此（小旦）駙馬、那張麗容呵、

梟音驍

髦音毛

黃鶯兒犯原是楚館一、妖嬈囀歌喉。番舞腰、桃開引得漁郎到、為阿魯台禍招伯顏妻妒梟兩夫妻拆散相思調、看他殷殷、眉黛盈盈、淚拋腮憔粉悴、愁多恩勞可憐悮了人年少（小生）你丈夫何方人氏姓甚名誰（旦）我丈夫姓李名彥直、松江人氏（小生）李彥直有這等事、張麗容你且起來公主下官早朝時分呵、

猫兒墜犯見臚傳金殿獨把狀元標乃是松江一俊髦年方弱冠貌英豪胸藏星斗文章飽（公主）那狀元你道甚么名字、就叫做李彥直、也是松江人氏、張麗容你且過來、那李狀元莫非是你舊交是呵如果這相逢古今稀少

川撥棹（旦）聽言道頓交人愁暗消、我丈夫雖上雲霄

濤音逃
鈿音田
幅音伏

雖上雲霄怕人心尺水丈濤誰引牽牛渡鵲橋（小生）我引牽牛渡鵲橋張麗容你當初與李彥直分散之時曾有甚麼物作証驗否（旦）有紅樓當日鎖花鈿分付新詞結舊緣無奈幽芳閑溪谷懷中幸有此霞箋（小生）既有霞箋取上來（旦）應介（小生）看介）好〻寫作俱好胸藏錦繡出天然果是龍蛇競筆端張麗容我今宛轉與你成佳配這回端的好姻緣（旦）謝爺千歲

【尾聲】（小生）霞箋一幅新詩調真個供成風月招肯把紅顏沒下稍

詩

古來好事定多磨　今日應須喜氣多
權把霞箋當紅葉　會教織女渡銀河

○第二十六齣窺認

擕音希

貂音刁

賀聖朝（生上）白面書生掛綠，青年才子腰黃。（末）翰林聲價豈尋常，題雁塔姓名香。（見介）（末）狀元，君為諸士首，我作探蒼郎，致君原有畧，匡國豈無方。（生）風流李彥直，才華趙子昂，翰林同註選，芳名四海揚。（末）年兄，我等幸擢巍科，同沾雨露，前日已謁過丞相，今日須往駙馬府中一拜。小弟昨日畫得一幅白頭荣貴之圖，敢勞年兄題詠，不知允否。（生）年兄所作甚佳，小弟勉吟在上，只是狗尾續貂，未免蠅汚白壁，愧赧愧赧。（末）年兄太謙了，礼儀偹下，請同行。（合）轉過綠水紅橋，便是青樓朱户，報進去。（報介）（院子應介）（小生上）

【前腔】何幸身叨國戚，果然鳳友鸞行。（見介）（末生）駙馬請上，學生等有一拜。（小生）二公請上，學生有一拜。（生）一介守寒庐，深荷提擕，日華常伴滚龍衣。（小生）門徑春来青草綠，幸承高車。（末）聖世有唐虞，向幸如之，龍孫鳳種得常依，拜遲了。（小生）不敢。（生末）看礼单薄礼奉充贄敬。（小生）太多了，多謝。（末）學生灯下染成白頭荣貴圖一幅，奉上聊供清玩，伏乞哂留。（小生）學生聞子昂一字價直

菁杭

千金、又是狀元題詠、此乃无價之宝了、多謝〻〻、（生
末）拙筆何勞過奬（小生）學生最愛者、文人墨士佳作
近日得一幅霞箋、但不知何人所題、
乞二公一觀、（生）乞求一觀（送接介）
（太師引）（生）見霞箋使我心驚愰這些、時交人忖量多
喒是故來相弄想名登已入東墻妻咳又恐你把衷情
說向我與你同在駙馬府中啊咫尺天淵有如千丈相思帳由他
主張須道樂昌分鏡合徐郎
（前腔）（小生）這是古霞箋真堪賞題寫着詩詞幾行未審
是何人吟唱看將起來、此乃和韻、還有前詠一幅、知是失在何方想人
物終須無恙（生悲介）（小生）斯文會因何慘傷須知道樂昌
如夢合陳王（生）駙馬、此箋學生欲假去細玩一番、可使得麼（小生）狀元、有何不可只是要還

纖音先　覷音趣

(生末)告辭了(小生)還什魯酒一杯清話一餉肴酒喚女樂簾下供唱(衆介)(三旦丑扮宮女上)

(皂角兒)歌數聲音韻悠揚奏一派管絃嘹亮整纖腰舞袖䙡襠倒金尊勸酬佳釀還須是遏行雲歌白学遏歌喉歯麗曲調轉新腔(合)韶光正芳清樂未央管甚麽日歸東嶺月映西廊

(前腔)(生出)(簾唱)遥望見紅裙艷粧分明是那人模樣隔珠簾偷覷容光還隔着幾重山嶂。若澤他放白鷴閑鸂鶒劈雕籠收絲繮再配鴛鴦(合)心中慘傷低聲怕揚似天河隔斷牛女對面參商

(前腔)(旦)細把他儀容比方再將他行藏酌量帶烏紗

隋音隨
恙音様

相貌堂堂已定是那人衙状只恐他步雲梯登月殿上龍樓題虎榜不念舊日鸞凰（合）心中慘傷低聲怕揚似天河隔斷牛女對面參商（小生）宮人回避（旦衆下）（生末）多謝美情（生）等告辭了（小生）有慢（生末下）

（尾聲）（小生）一塲好事從天降趙璧隋珠無恙把兩地風情我一擔當（小生）分付內使可办粧奩明日送張麗容到狀元寓所成親（雜應下）（小生）

詩

今朝盃酒見衷腸　兩地新詩結鳳皇
風靜始知蟬在樹　燈殘方見月臨窻

○第二十七齣重會

（淨扮內使上）夫妻本是前生定曾向蟠桃會裡來自家奉駙馬爺爺命送張麗容到狀元寓所成親此間已

繞音遶

驄音匆

是報進去、(雜報介)

【臨江仙】(生上)銀盞燈花報喜、靈鵲噪繞簷頭、(相見介)(淨上)狀元恭喜賀喜、奉駙馬爺命多多拜上狀元、昨日見狀元認了霞箋、即欲將尊閫就席閣相見、奈何諸客在席、恐涉不雅、今倘粧奩之資三千貫、特着咱們送與狀元完聚(生)多謝駙馬厚恩、尚容踵門拜謝(淨辭下)(衆迎旦上拜介)(生打發衆下)(生)妻啊、記得會景樓、霞箋詩句佳(旦)頭言托君懷、分開各一涯(生)似鳥驚松蘿、如魚沉荷苍(旦)今朝諧舊好、龍粧還若耶(丑)老爺奶奶司書盡頭(生旦)司書起來(丑渾介)

【啄木兒】(生)記當年跨玉驄、邂逅相逢詩句通、情正愜、魚水和同、驀驚飛分散西東、似金針落海波濤洶、怕今生難作鴛鴦塚、只落得淚眼絲絲血染紅。

【畫眉序】(旦)薄命嘆飛蓬、隔斷山雲樹蘩、苦花枝無主

椒音焦　翅音滞　娯音于

一任東風敲戾門受盡磨礱侍椒房荷蒙珍重喜今再得重歡會〻〻在畫堂中
【解三醒】（生）記那日画船風送我恨不得插翅騰空只道裏王空想陽臺夢似南山鳥嶋失椎今朝賸把銀釭照打破愁城幾萬重（合）歡聲哄〻〻〻頤得個天長地久同享皇封
【尾聲】恣歡娯勤摩弄妝拾起斷腸悲痛猶恐相逢似夢中　司書如今幸喜中了狀元又喜得與夫人完聚明日上表省親我已修書一封在此你可先到家中報喜我們不日就起程了（丑）司書曉得了明日就起程回去
金夜裡久旱逢甘雨　贏得個他鄉遇故知

皓音號
涯音疑

重會合洞房花燭夜　還可喜金榜掛名時

○第二十八齣辭歸

（出隊子）（小生上）南軒秋霽々々々。寂寂悠然有所思。鳳臺有曲調聲奇，此曲悠揚知者希。皓齒丹唇響入雲涯。昨已送張麗容與李狀元完聚，聞知他乞恩养親，一則賀喜，一則與他餞行，此間已是，報進去。（雜介）

（前腔）（生旦上）庭蕪白露々々々。歲候時更感客情，遠途策蹇可慚心，越鳥巢南歸故林。定省雙親，且辭別故人。（相見介）（生）愚夫婦正欲趨府拜謝大恩，反辱先施，慚愧慚愧。（小生）恭喜恭喜。豐城之劍復合，關雎之詠再歌，但乏粧儀，愧赧愧赧。（生）駙馬說那里話，請受愚夫婦一拜。（生唱）

（前腔）御恩感德々々々。感德御恩銘在心，當面結草報君恩。(小生)你何必拘〻致謝勤。(生旦)破鏡重圓。天高海深。

(前腔)(末上)姻緣天分〻〻〻。才子佳人事偶成。況兼貴戚作冰人。如此奇逢世罕聞。特地相探。高歌渭城。(衆)報相見介(末)咳。駙馬。你瞞得我好。這樣奇逢。怎么不通我知道(小生)其事雖美其實安可對老先明言未習狀元。

驟音湊

(紅衫兒)我道你筵前因甚焦。暗地珠拋。却原來鴛侶分飛。同心帶飄(生)兒年我為奸人。驟起波濤。(向小生揖介)感天孫駕鵲橋。(小生)如此良緣。下官寬出不知是公主究出根苗成就了。百年契交。〻〻〻勝(生)公主大恩。不感戴(小生末)

牘音讀
劬音渠

(三學士)公主金閨質自超重文章、慨賜英豪。一場好
事成姻牘。五百名中姓字標(生)二公、小念父母劬勞
弟阿(合)
年又老辭金闕返故郊(小生末)此事弟輩已知、為有
酒一杯一則賀喜一則餞行(生)多謝
(前腔)(生末)把酒殷勤送故交、不堪回首心捺。明朝又是
孤舟別今日清尊在渭橋(合)車馬蕭蕭臨古道愁絶
處。淚暗拋

詩・别酒殷勤慷慨深　未知何日再逢召
勸君更盡一杯酒　西出陽関無故人

○第二十九齣報喜

(三台令)(外)孩兒一去無音信、頓使人心懷耿耿(老旦)教

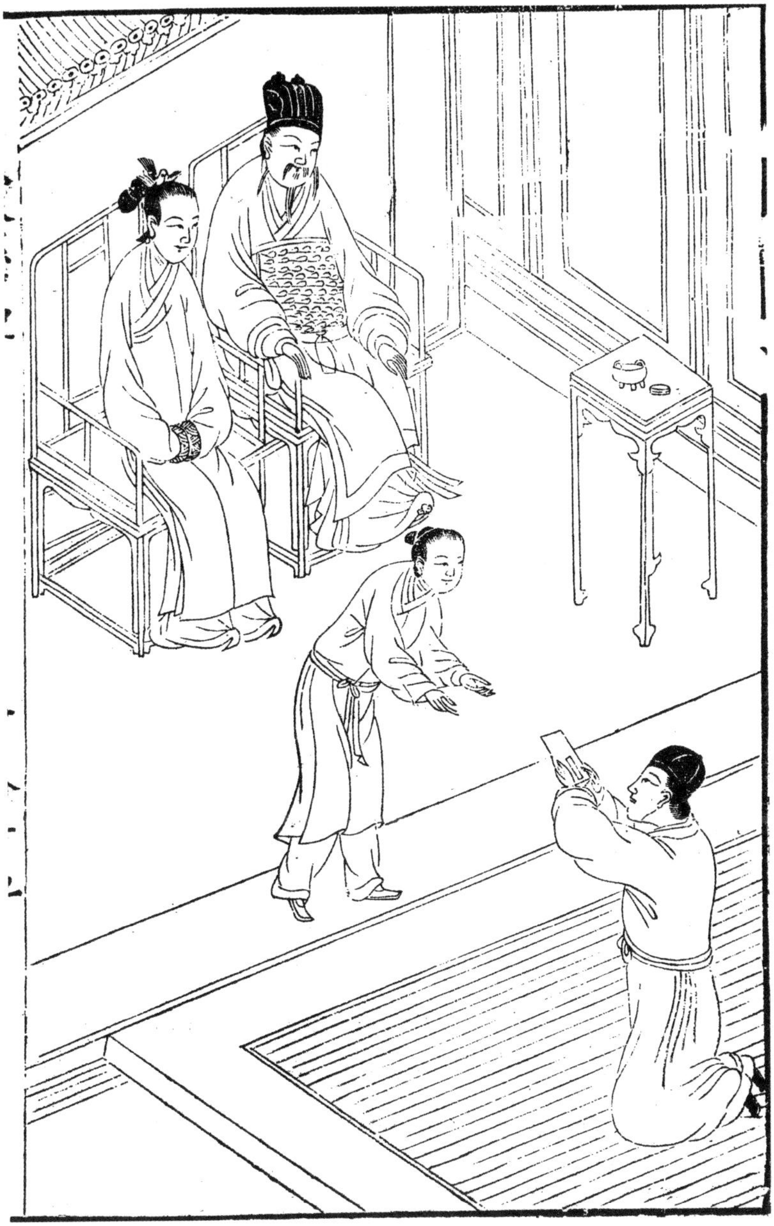

剩音勝
佩音印
忭音便

人青眼懸懸望夢魂常憶兒身（外）夫人自從孩兒去後我已曾差司書尋訪再無音信回来為此放心不下（老旦）相公老身日夜懸懸想念甚切奈何奈何（合）

（傍妝臺）遊子未言旋書幃冷落蠹簡剩殘篇望書香承我後期佩美繼前賢中郎有女還傳業楊子無兒怎拜官恨人隨老淚沾竹斑何時報道返家園（丑上）

（不是路）歸到雲間扣首堦前賀喜顏老爺奶奶司書嗑頭賀喜大相公中了狀元蒙聖恩准賜馳驲回家省親不日就到了来投献泥金好把喜音傳（外）心歡忭幸得家童送錦箋酬 心願古来積德門楣顯試將書看看看（拆書介）

一封書兒不孝萬千離親闈臨帝輦三献策中狀元

愆音牽

輦音僆

賜宮袍彩色鮮。蒙駙馬殷勤諧伉儷。送出宮人與兒結百年好姻緣。元是舊霞箋。不日還家謝罪愆。司書大相公駙馬送甚底宮人(丑)老爺就是向日會景樓上的那話兒(外)夫人天下有這等奇事

【撲燈蛾】兒曹喜荣顯。傳臚上金殿。及第狀元郎。宮花御酒荣賜也。奇逢異典。允都駙馬贈紅顏。却元来是舊時嬌艷。真堪羨。殘卷再發月重圓。

【尾聲】恩沾御墨辭皇輦。得意傳臚畫錦旋。交人說會景樓中李狀元。

詩

滿城桃李正年芳　一舉成名四海揚

不是一番寒徹骨　怎得梅花分外香

棹音兆　艇音挺

擢音掉

○第三十齣　榮歸

(菊花新)(生)承恩年少迈家鄉夫婦榮歸晝錦堂(旦)深沐綠衣郎得遂終身之望(生)夫人、幸喜恩賜馳驛回家省親、于路行来、離家已近、不免再趲行前去(衆介)(合)

(朝元歌)長途短途、策馬都經過、深波淺波、棹艇都驚破、看取殘花、飛堆江路、庄〻興人愁慕、別酒離歌、教人此時感慨多、別久信音疎、承懽迈故都、雲間在目、幸喜高標大擢、叫左右、此間已是我家下、報進去(衆介)(外老旦上)

(海棠春)報道狀元回頓覺心歡忭(相見介)(生)爹〻母親請上、待孩兒媳婦拜(拜介)日边紅杏倚雲栽奪得宮花壓帽回(衆)姻緣本是前生定曾向蟠桃會裡来(合)

遐音霞

鞏音拱

【山谷子】錦堂開設繁華宴，堪佳骨肉團圓。占鰲頭名魁狀元。荷衣掛躰鮮妍。（合）喜雙親童顏鶴顛，頤遐齡壽算千千。龍孫鳳侶期滿前，松柏同榮共樂堯天。

【紅綉鞋】記當初共擲霞箋，霞箋。喜今日大家歡忭，歡忭。一首詩結三生願，這奇遇古稀傳。

【尾聲】一家齊荷君恩眷，愿皇圖鞏固永綿綿，世際昇平設喜筵。

詩

國正天心順　官清民自安

妻賢夫禍少　子孝父心寬

霞箋記下卷終

ISBN 978-7-5010-7423-5
9 787501 074235 >
定價：80.00圓